지존 강림

至尊降臨

天若不愛酒 地應無酒泉 天地既愛酒 愛酒

道 一斗合自然 但得酒中趣 勿醒者傳 三月咸陽城 千花晝

難 醉後失天地 兀然就孤枕 不知 身 此樂

酣心自 開 解 臥首陽 屢空飢 樂飲虛名

1장

欲影徒隨我身暫伴月將影行樂須及春我歌月徘徊我舞

酒酒星不在天地若不愛酒 地應無酒泉天地既愛酒愛

道一斗合自然但得酒中趣勿醒者傳三月咸陽城千花也

萬事固難審醉後失天地兀然就孤枕不知有吾身此樂

宣酒酣心自開辭粟臥首陽 屢空飢顏回當代不樂飲虛

1

용민은 자신의 아들, 아니, 소교주 한정빈에게서 시선을 뗄 수 없었다. 가슴이 미칠 듯이 뛰기 시작했다.

이미 떠나온 세상.

속으로 만날 수 있을지도 모른다고 생각은 했다.

그러나 실제로 이렇게 만나게 될 줄은 몰랐다.

그것도 이렇게 뜬금없이 말이다.

하지만 곧 당혹감을 지우고 이성을 차린 용민이 생각했다.

'여길 어떻게 갑자기 왜 나타난 거지?'

그런 용민의 속을 아는지 모르는지, 한정빈의 시선은

철혈혈보 소율모에게서 떨어지지 않고 있었다.

소율모 또한 고개를 들어 한정빈과 시선을 마주하더니 씨익 웃었다. 소교주의 얼굴을 익히 알고 있는 듯한 표정이었다.

"큭큭. 이게 누구신가? 마교의 소교주가 아니신가. 소교주가 이곳에 무슨 일로 왔는가? 혹 이 노구의 목을 가지러 온 것인가? 아쉽게도 한발 늦었군."

"······."

소율모의 말에도 한정빈은 아무런 대답을 하지 않았다.

그때, 소율모의 눈가에 이채가 어렸다.

"소교주, 노부를 만나러 온 것이 아니군."

"······."

"그럼, 혹시 이자인가?"

소율모의 시선이 용민을 향했다.

반대로 용민은 의아함을 담고 한정빈을 돌아보았다.

용민도 바보가 아니다. 이유는 모르겠지만 한정빈이 자신을 찾아왔음을 깨달은 것이다. 그러다 지금 이 상황을 접하게 된 듯했다.

그럼에도 한정빈은 용민에게 시선을 주지 않았다. 소율모의 말을 부정하지도 않았지만, 소율모에게서 고개를 돌리지 않고 있었다.

소율모가 비릿하게 웃었다.

"어쨌거나 노부에게 할 말이 있는 것 같군. 뭐지? 궁금한 것이 있으면 물어보게나. 죽기 전 마지막 선물로 노부가 아는 것이라면 뭐든 대답해 주지. 크흐흐."

말은 그렇게 했지만, 소율모는 한정빈이 질문할 것이 무엇인지 이미 알고 있는 눈치였다.

그는 그 질문에 대답을 해준다고 해도 문제가 될 것도 없거니와, 오히려 한정빈이 더 분노할 것이라 생각했다.

죽기 전 즐길 마지막 유흥을 만끽한다는 생각으로, 소율모는 유쾌함이 가득 담긴 눈빛 그대로 한정빈을 주시하고 있었다.

한정빈의 말문이 무겁게 열렸다.

"그대가 지금 한 말이 모두 사실이냐?"

"그런 시답잖은 것이 궁금한 것은 아닐 텐데? 소교주, 정말 그에 따른 답을 원하는 건가?"

한정빈은 살기가 가득한 눈빛으로 소율모를 쏘아보았다.

그러나 소율모는 그런 살기 따위에 반응할 존재가 아니었다.

무엇보다 이미 죽음을 목전에 둔 이가 무엇을 더 두려워하겠는가.

한정빈은 그 사실을 깨닫고 살기를 거둔 후, 목 아래 담아둔 질문을 힘겹게 끄집어 올렸다.

"본 교에 배신자들이 있는 건가?"

"질문과 달리 배신자들이 있는지, 그게 누군지 궁금해하는 표정은 아닌 것 같은데?"

소율모의 말대로 한정빈의 얼굴은 슬픔으로 물들어 있었다. 한정빈의 머릿속에는 배신자들의 얼굴이 선명하게 떠오르고 있었다.

자신에게 이죽거리고 있을 표정까지도.

"……."

사실 이미 알고 있었다.

다만 아니라고 믿고 싶었을 뿐이다.

지금 그들이 하고 있을 이해 못할 행동들 또한 마교를 위한 것이라고 그렇게 스스로를 합리화하며 말이다.

그들의 흔들림을 막기 위해서는 그것이 필요하다.

절세신마의 권위가 담긴 신물.

무현.

한정빈은 자신이 무현을 손에 넣어 전 마교 교주인 절세신마 사야의 온전한 위지를 이으면, 교를 다시 회복시킬 수 있다고 믿었다. 그것이 그가 여기까지 온 이유다.

그러나 지금은…….

'…모르겠다.'

이제 와서 교의 신물인 무현을 얻는다 한들, 과연 교가 회복될까?

의심에 의심이 꼬리를 물고, 한숨이 절로 흘러나왔다.

소율모를 돌아보던 한정빈의 눈동자가 흔들렸다.

소율모가 비릿하게 웃으며 한정빈의 시선을 맞받았다.

한정빈은 이내 정신을 차리고 눈에 힘을 줬다.

소율모는 그런 한정빈의 반응이 너무도 유쾌한 모양인지, 낄낄거리며 웃었다.

"큭큭큭큭. 왜 혹시 모른다면 하나하나 알려줄까? 크크크."

한정빈의 얼굴에 치욕스러운 표정이 떠올랐다. 소율모가 자신을 농락하고 있음을 모르지 않았기 때문이다.

"모욕은 더 이상 참지 않겠다."

"궁금한 것을 알려주겠다는 것도 모욕인가? 큭큭큭."

한정빈의 손끝이 자신의 애검을 향해 움직였다.

궁금한 것도 없을뿐더러, 이 이상의 모욕은 참을 수 없다.

순간, 한정빈의 검에서 시린 빛이 터져 나왔다.

번쩍!

"크크크… 끄륵?"

음침한 웃음을 흘리며 한정빈을 농락하고 있던 소율모의 웃음이 끊어지고 목에서 피 끓는 소리가 흘러나오더니, 곧 그의 목에 가느다란 혈선이 모습을 드러냈다.

그 혈선은 서서히 밀리듯 벌어졌다.

소율모의 목이 중심을 잃은 쟁반 위의 수박처럼 어깨 위를 데굴 구르더니, 바닥에 툭 하고 떨어졌다.

촤악!

머리가 떨어진 목에서 피 분수가 터져 올랐다.

하지만 그것도 한순간.

곧 맥없이 머리 잃은 상체 또한 바닥에 고꾸라졌다.

한 세대를 흔들던 거인의 죽음치고는 너무 허망한 죽음이었다.

소율모의 죽음을 잠시 지켜보던 한정빈의 시선이 용민을 향했다.

"실례했소."

한정빈은 정중하지만 당당한 모습으로 용민에게 사과했다.

그런 한정빈을 보며 용민이 차갑게 말했다.

"그래, 실례한 것은 아나 보군."

그 말에 한정빈의 눈썹이 꿈틀거렸다.

"알고 있소."

한정빈의 반응에 용민이 피식 웃었다.

"뭐, 분위기를 보니 아직 실례할 것이 남아 있나 본데. 그래, 나를 찾은 이유가 뭐지? 내가 마교에 빚을 진 것이 있던가?"

그 말에 한정빈이 대답했다.

"빚이라고 할 정도는 아니지만, 받을 것이 있소이다."

"받을 것?"

용민은 고개를 갸웃거리며 한정빈을 내려다보았다.

한정빈이 자신에게 무엇을 원한단 말인가?

"나에게 뭔가 맡겼나?"

"맡기진 않았지만, 내 물건을 당신이 지니고 있소."

"소교주의 물건을 내가 가지고 있다? 도저히 모르겠군."

"당신이 가지고 있는 무현."

"무현?"

용민의 시선이 자신의 허리춤에 달려 있는 검, 무현을 향해 내려갔다.

"그것을 어떻게 입수하였는지 모르나, 모든 물건엔 마땅한 주인이 있는 법. 돌려주기 바라오."

그 말에 용민은 피식 웃고 말았다.

그제야 한정빈이 하는 말의 요지를 파악할 수 있었기 때문이다.

"크큭! 이 녀석이 네 물건이라는 말인가?"

"무현의 정체를 안다면, 그것이 절세신마이자 본 교의 교주이던 내 아버지의 신물임도 알지 않소."

"물론 알지."

"그것의 소유권은 내게 있소."

한정빈의 말을 듣던 용민이 오른쪽 입술을 삐죽 올렸다.

"소유권이라……. 큭큭."

알 수 없는 용민의 태도에 한정빈은 조금 불편한 얼굴이었다.

"그렇소."

"글쎄, 이 녀석의 생각도 너와 같을까?"

"그게 무슨 말이오?"

"뭐, 백번 말하는 것보다 한 번 겪는 게 더 확실하겠지. 떨어트리지는 마라. 이 녀석, 생각보다 속이 좁으니까."

용민이 자신의 허리춤에 있던 무현을 한정빈에게 휙 집어 던졌다.

무현은 포선을 그리며 한정빈을 향해 날아갔다.

한정빈은 자신을 향해 날아오는 무현을 보며 손을 뻗었다.

'속이 좁다고? 그게 무슨 말이지?'

그저 농담이겠거니 생각하던 한정빈은 이내 뭔가 이질적인 감각을 느꼈다.

살기와 비슷한 위압감.

본능적으로 뻗고 있던 손을 회수하려던 찰나, 용민이 인상을 구기며 말했다.

"녀석은 속이 좁다고 말했을 텐데?"

그 말에 자신도 모르게 회수하려던 손을 다시 뻗어 무현을 잡았다.

동시에 한정빈의 표정이 딱딱하게 굳었다.

"윽!"

무현을 받아 들기 무섭게, 그는 한쪽 무릎을 바닥에 꿇고야 말았다. 동시에 손아귀에서 아릿하고 뜨거운 통증이 느껴졌다.

결국 통증에 놀라 무현을 놓치고 말았다.

주륵.

무현을 받아 들었던 한정빈의 오른 손바닥에서 검붉은 피가 길게 흘러나왔다.

바닥에 짤그랑, 소리를 내며 떨어질 거라 생각한 무현은 허공에 한 치 가까이 뜬 상태로 고고하게 서서 웅웅거리며 울음을 흘리고 있었다.

마치 자신에게 잔소리하듯이 말이다.

한정빈이 자신의 앞에 서 있는 무현에서 시선을 떼지 못했다.

마치 도깨비라도 본 듯한 눈빛이었다.

그제야 방금의 의뭉스러운 용민의 말이 무슨 뜻인지 깨달을 수 있었다.

"검이 살아 있다……!"

한정빈은 경악스러운 시선으로 둥둥 떠 있는 무현과 자

신의 깊이 베어진 오른손을 번갈아 내려다보며 혼잣말을
내뱉었다.

충격을 받을 만도 했다.

아무리 신물이라 하나, 검이 스스로 자신의 호신기를
뚫고 상흔을 입힌 것이나 다름없었다.

용민이 무슨 수를 썼다고 생각할 수도 있다. 하지만 순
간이라도 무현을 잡은 그는 확신할 수 있었다.

확실하게 느껴지던 그 검의 의지.

무현은 자신을 거부했다.

그것은 거짓이 아니었다.

"이게 무슨……."

그때, 용민이 혀를 차며 말했다.

"내 이럴 줄 알았지. 허세는, 쯧. 그건 그렇고 저 녀석
잔소리 때문에 또 한참 피곤해지겠군. 쯧."

용민은 팔을 뻗어 무현을 향해 손바닥을 펼쳤다.

그러자 무현이 가벼운 진동과 함께 용민의 손바닥을 향
해 날아들었다.

용민의 손바닥에 안착한 무현은 미친 듯이 웅웅거리며
거친 진동음을 토해내기 시작했다.

우웅! 우웅! 웅웅웅!

그 모습이 마치 잔소리하는 마누라인 양 비치는 것은
어째서일까?

그런 검을 향해 용민이 오만상을 구기며 말했다.

"에고, 알았다, 알았어. 잘못했다고. 너도 이해는 하잖아. 내가 오죽했으면 넘겼겠냐? 좀 넘어가자."

우웅! 웅웅웅!

용민이 인상을 구기며 허리춤에 무현을 다시 차더니 투덜거렸다.

"젠장, 이놈의 밴댕이 소갈딱지. 한동안 손도 못 대겠군."

무현은 어서 다시 자신을 잡으라는 듯이 웅웅거리며 울음을 연신 흘려 댔다.

하지만 용민은 질린 표정으로 손을 더욱 허리춤에서 멀리 뗐다.

그것을 본 한정빈이 당혹감을 애써 감춘 표정으로 말문을 열었다.

"대체… 어떻게 된 일이오?"

"잡아보고도 모르나? 이 녀석이 아직은 댁을 주인으로 인정할 수 없다잖아."

한정빈의 눈이 동그랗게 떠졌다.

"이해할 수 없소."

"그럼 다시 한 번 더 들어보겠나?"

용민의 말에 한정빈은 아무런 대답도 할 수 없었다.

잠시 갈등하는 듯 보였지만, 굳게 닫힌 입술은 열리지

않았다.

그런 한정빈을 보며 용민이 알 만하다는 듯 낮게 웃음을 흘렸다.

"그래도 넌 운 좋은 줄 알아. 그나마 네 얼굴이 익고 악의가 없으니 무현도 그 정도로 하고 끝난 거니까. 예전에 다른 녀석들은 하나같이 손이 잘려 나갔거든."

"예전의……?"

용민의 그 한마디에 한정빈이 큰 반응을 보였다.

용민이 말한 '예전'은 마치 얼마 전이 아닌, 그보다 훨씬 더 오래전이라는 듯한 분위기를 풍겼다.

"혹시 아버지를 아는 분이십니까?"

자연스럽게 존대를 하는 한정빈이었다.

아버지인 절세신마와 관련된 이라면 무림지외(武林之外)의 인물일 터.

일반인을 뜻하는 것이 아니다.

무림을 벗어난 존재를 뜻하는 것이니 말이다.

혹자들은 천외천(天外天)의 존재들이라고 부르기도 했다.

동시에 한정빈은 지금까지 이자의 정체에 대해 고민해도 알 수 없었던 것에 대해 납득했다.

그들은 분명 존재하지만 세상에서 모습을 지워 버린 존재들이니 말이다.

용민은 한정빈의 질문에 속으로 뜨끔했지만, 굳이 이야기를 돌리거나 정정하지 않았다.

그럴 필요성을 느끼지 못했기 때문이다.

적당히 오해하고 있는 듯하니 이쪽에서 먼저 설명할 필요는 없다.

그러나 더 깊이 파고들지 못하게 선은 그었다.

"아마 나보다 네 아비를 더 이해하는 이는 없을 것이다."

그 한마디로 모든 설명은 충분했다.

한정빈이 스스로 어떻게 판단을 내렸는지는 별로 중요하지 않다.

자신은 그 이상을 설명할 수 없는 입장이니까.

"지금까지 후배가 어르신께 보인 무례와 실수를 용서해주시길 바랍니다."

한정빈은 정중한 모습으로 용민에게 예를 보였다.

용민은 담담히 고개를 끄덕였지만, 속으로 장성한 자신의 아들을 흐뭇하게 내려다보았다.

물론 한정빈이 숙인 몸을 들었을 때엔 남기지 않고 그런 표정을 지웠다.

"어르신, 부탁이 있습니다."

"부탁?"

"저희를 도와주실 수 없겠습니까?"

2

우중천은 우문세가 한복판에서 슬픈 눈으로 주변을 훑고 있었다.

자신들을 습격한 적들을 물리치고 마침내 이기긴 했다.

하지만 그 피해는 막심했다.

눈에 익은 식솔들이 처참하게 죽은 채 들려 나가는 모습은 가슴이 찢어지는 듯한 고통을 가져다주었다.

"으음……."

"가주님, 괜찮으십니까."

"……."

진두지휘를 하며 우문세가 내부를 정리하고 있던 우소연이 우중천 근처로 다가와 말을 걸었지만, 우중천은 아무런 대답도 하지 않았다.

그럼에도 우소연은 백 마디의 대답을 들은 듯한 모습으로 그의 옆에 자리했다.

그렇게 한참이 지나자, 우중천의 입이 열리고 스쳐 지나가는 바람처럼 그의 목소리가 흘러나왔다.

"무엇을 위해 지금까지 왔는지 모르겠구나. 이제 보니 아등바등 살아온 모든 것이 부질없는 삶이 아니었나 싶은 생각이 든다."

"할아버님……."

우소연은 그 말을 쉽게 부정할 수 없었다.

지금 당장 자신이 느끼는 감정도 그와 크게 다르지 않기 때문이다.

그러나 그 말을 인정해선 안 되었다.

그것이 그 지옥 같은 시간에서 벗어나 살아남을 수 있었던 식솔들과, 이 우문세가를 위해 목숨을 던진 이들에 대한 예의였다.

우소연은 입술을 질끈 깨물고 말문을 열었다.

"큰 사고로 잠시 마음이 약해지신 것 같습니다. 안채로 들어가 조금 쉬시는 것이 좋을 것 같습니다."

"그래, 그런 거겠지……. 잠시 마음이 흔들리는 것이겠지."

그 말이 왠지 역설적으로 들려, 우소연은 아무런 대답도 할 수 없었다.

"……."

"그리하마."

우중천은 나지막한 한마디를 남기고 망부석처럼 굳어 있던 발걸음을 돌렸다.

하지만 그 발걸음이 길게 이어지진 않았다.

우중천의 시선에 한 사내가 들어왔기 때문이다.

그 사내란 바로 용민이었다.

우중천은 무거운 표정으로 자신에게 다가온 용민을 향해 예를 보였다.

"은공을 뵙습니다."

"소녀, 은공을 뵙습니다."

우소연도 어느새 우중천의 옆에 다가와 조용히 허리를 숙이고 있었다.

이들의 모습은 그 어떤 때보다 진중했고, 정중했다.

그럴 만도 했다.

단순히 자신들을 살린 생명의 은인만이 아니다.

용민이 아니었다면, 우문세가는 오랜 역사와 전통을 등지고 오늘 멸문지화를 면치 못했으리라.

용민은 우중천과 우소연의 예를 받으며 말했다.

"과중한 예는 삼가주십시오. 부담스럽습니다."

용민이 말하는 과중한 예라는 말 속에는 나이가 많은 우중천의 존대가 부담스럽다는 뜻이 담겨 있었다.

용민이 하는 말을 바로 이해한 우중천이 고개를 가로저으며 대답했다.

"예를 거두라 하지 말아주십시오. 은공께서 저희를 위해 해주신 일에 비하면 전혀 과하지 않습니다."

"그렇습니다. 저희 우문세가는 은공께 평생 갚지 못할 은혜를 입었습니다."

우소연 역시 할아버지 우중천의 말에 공감의 빛을 띤

눈빛으로 용민을 주시하고 있었다.

용민은 조용히 고개를 내리며 이야기를 흘렸다.

지금 중요한 것은 예의의 과소(過小)가 아니다.

그 와중에 우중천과 우소연의 시선이 용민의 등 뒤를 향했다.

낯선 사내들이 용민의 뒤로 다가오고 있던 탓이다.

그 낯선 사내들이란 바로 한정빈과 수하들이었다.

하지만 적의를 드러내지는 않았다.

그들 틈에 소운이 함께 자리하고 있는 것을 발견했기 때문이다.

"저분들은?"

용민은 우중천과 우소희의 시선에 담긴 의아함을 읽고 잠시 설명할 방도를 찾다가, 마땅한 표현을 찾지 못하고 두루뭉술하게 넘기고야 말았다.

"제 지인들입니다."

"지인이시라고요?"

"의도치 않게 이곳에서 만나게 되었습니다. 근처에 있었던 모양인데, 소란을 듣고 상황을 파악하기 위해 다가왔다가 저를 봤다고 하더군요."

"그러시군요."

우중천과 우소연은 바보가 아니다.

충분치 못한 설명이지만 그럼에도 그냥 넘어갔다.

뭔가 설명하기 불편한 사정이 있음을 용민의 어색한 표정에서 읽었기 때문이다.

저들의 정체가 무엇이고, 어떻게 이런 곳에서 만나게 된 것인지 정확한 속사정이 궁금하긴 했지만, 우중천도 우소연도 겉으로는 작은 의문, 호기심 하나 드러내지 않았다.

지금으로서는 사소한 의문을 드러내 상대방의 감정을 건드릴 필요가 없었다.

자신들의 적이 아니라는 것만 확실하다면 말이다.

세가의 은인인 용민이 밝히기 꺼려한다면 더욱 그렇다.

우중천과 우소연은 그저 용민이 말하지 않는 이유가 있으려니 할 뿐이었다.

현재 우중천과 우소연은 용민이 하는 말이라면, 팥으로 메주를 쑨다고 해도 믿을 정도의 신뢰감을 보이고 있었다.

어색함을 깨고 용민이 말문을 열었다.

"가주께선 이제 어떻게 하실 생각이십니까?"

우중천이 대답했다.

"세가를 추스르고 무림맹을 찾을 생각입니다."

"무림맹을 말입니까?"

용민이 자신도 모르게 되묻고 말았다.

순간, 우중천의 눈썹이 크게 꿈틀거렸다.

용민의 어투 속에서 뭔가 이질적인 느낌을 받은 탓이

었다.

"무슨 문제라도 있습니까?"

"확실한 것은 아니지만, 조금 걸리는 부분이 있습니다."

"걸리는 부분? 그것이 무엇입니까?"

그때, 용민의 등 뒤에서 한 젊은 사내의 음성이 들려왔다.

"저라면 지금 무림맹에 가지 않을 것입니다."

우중천이 목소리를 쫓아 시선을 돌려, 용민 대신 대답한 사내의 얼굴을 확인했다.

"은공의 지인께선 뭔가 알고 계신 것이 있으신 모양이구려."

"지금 이곳에 있는 사람들 중에서는 가장 많이 알고 있을 것입니다."

"공자께선 누구시오?"

그 말에 어느덧 용민의 옆으로 다가온 사내가 가벼운 눈인사를 하며 자신의 이름을 밝혔다.

"한정빈이라고 합니다."

"한정빈?"

어디서 들어본 듯한 이름.

의문이 어리던 우중천의 얼굴에 순식간에 적개심이 떠올랐다.

한정빈.

그것이 마교 소교주의 이름임을 떠올렸기 때문이다.

동시에 불현듯 뭔가가 떠오른 우중천이 용민을 돌아보았다.

용민은 우중천과 눈이 마주치자 미소를 지어보였다.

평소와 달리 지금 용민의 미소는 우중천을 조금 불편하게 만들었다.

용민이 익히고 있는 무공은 바로 사야신공 아니던가.

둘에게 연결 고리가 있음을 모를 수 없었으니 말이다.

바짝 긴장한 우중천과 대조적으로, 한정빈은 반듯한 미소를 지을 뿐이었다.

"저를 아십니까?"

우중천이 굳어진 표정으로 무겁게 말문을 열었다.

"어찌 모르겠소. 마교의 소교주가 이곳에는 무슨 일이오?"

"마교!"

그 말이 끝나기 무섭게 우소연을 비롯한 우문세가의 식솔들이 놀람을 감추지 못하고 경계의 빛을 드러냈다.

어떤 이는 자신의 검병에 손을 대기까지 했다.

한정빈이 주변의 반응에도 전혀 개의치 않는 듯 의뭉스럽게 고개를 갸웃거리며 대답했다.

"그건 설명하기 복잡하군요. 하지만 오해하실 필요는

없습니다. 이번에 일어난 우문세가의 일과 본 교의 행사
는 아무런 관계가 없으니 말입니다."

"흐음……."

우중천은 짧은 고민 끝에 고개를 끄덕였다.

지금으로서는 한정빈의 말에 귀를 기울이는 편이 좋겠
다는 결론을 낸 탓이다.

좋지 못한 현 상황에서 저들에게 적개심을 드러내 봤
자, 우문세가에 득이 될 것은 하나도 없었기 때문이다.

가주로서 괜한 자존심과 고집으로 가문의 피해를 더 키
우고 싶지 않았다.

"믿겠소. 사실 지금은 그게 중요한 것이 아니니 말이
오."

"현명하신 판단입니다."

우중천의 말에 한정빈이 미소를 지으며 고개를 끄덕였
다.

"그럼 하나 묻겠소. 어째서 무림맹에 가지 말라고 한
것이오?"

그 말에 한정빈이 말했다.

"무림맹이라고 다를 것 같습니까? 오히려 그곳은 지금
이곳보다 더하면 더했지 결코 덜하지는 않을 것입니다."

"무슨 증거로 그런 단언을 하시오?"

"현 상황이 바로 그 증거지요."

"현 상황?"

"이런 큰일이 전 대륙에서 일어나고 있는데, 아무도 이 사실들을 알지 못한 채 있다가 당하고 있습니다. 그렇다면 누군가 각 문파의 눈과 귀를 가리는 일을 하고 있다는 말인데, 정파의 눈과 귀를 도맡아 일하고 있는 곳이 어디지요?"

정파의 눈과 귀?

물을 것도 없다.

당연히 무림맹 아니겠는가.

"이 일이 전 대륙에 걸쳐 일어나고 있는 일이라 했소? 그 말을 지금 우리보고 믿으라 하는 말이오?"

"정파만의 문제가 아닙니다. 사무련 또한 같은 상황이니까요. 그리고……."

"그리고?"

"우리 본 교 또한 정체불명의 세력에 휘둘리고 있습니다. 이대로 가다가는 이미 잠식당한 무림맹이나 사무련과 같은 길을 걷게 될지도 모릅니다. 아니, 더 큰 피해를 입겠지요."

쿠궁!

충격적인 말이 아닐 수 없었다.

모두들 할 말을 잃고 한정빈을 바라보았다.

무림 중 가장 배타적인, 태양과 달의 힘을 섬기고 숭배하는 독실한 존재들.

자신들 외에 아무도 받아들이지 않는, 그래서 더 무서운 이들이 바로 일월신교, 아니, 마교 아닌가.

그들이 지닌 마교에 대한 자존심과 자부심은, 정파인들의 세가나 문파에 대한 마음가짐, 그 이상이다.

대놓고 인정하지는 않지만 모두 속으로 수긍하고 있는 사실이었다.

세상에 광기를 넘어설 수 있는 것은 없으니 말이다.

확고한 신념을 가진 미친놈들을 누가 설득할 수 있겠는가.

마교는 신도들의 광기를 통한 거대한 힘을 지니고 있고, 교주와 그의 혈육들은 그들만의 세상에서 이미 하나의 나라를 지닌 황족과 다를 바 없다.

한데 그 교주의 혈육, 아니, 차후 교주가 될 것이 확실한 존재가 지금 믿을 수 없는 말을 꺼낸 것이다.

누구도 자신들을 범접할 수 없다는 평소의 자존심, 자긍심을 모두 내려놓고 말이다.

마교가 누군가의 손에 넘어갔다는 이야기는 거짓말이나 입발림으로 뱉을 수 있는 말이 아닌 것이다.

이제 믿지 않을 도리가 없었다.

한정빈이 직접 한 말로 인한 씁쓸한 미소를 입가에 그리고 있을 때, 용민이 끼어들었다.

"저는 저 친구의 말을 전혀 무시할 수 없다고 생각합니다. 만일 저 말을 무시한다면 제가 직접 보고 경험한 것들에 대한 설명이 불가능하니까요. 이곳 우문세가의 일만 해도 그렇지 않습니까?"

"정황은 분명 그러하나……."

우중천이 침음을 흘리며 말을 흐릴 때, 우소연이 용민을 보며 말했다.

"대체 그 세력이 뭔가요? 실체가 있나요?"

"실체라……. 실체는 이미 모두 직접 보지 않으셨습니까?"

"그들이 정녕 무림을 장악하고 있는 세력이 확실한가요?"

"전 그렇다고 봅니다. 소율모가 죽기 전에 이런 말을 하더군요."

"그게 무엇입니까?"

우중천의 질문에 용민은 자신이 들은 말을 하나둘 정리하여 꺼내기 시작했다.

상인이라는 존재에 대한 것들을 말이다.

이야기가 끝나기도 전에 주변 사람들의 표정이 크게 굳어졌다.

하나같이 믿을 수 없다는 반응이었다.

너무나도 비현실적인 이야기였기 때문이다.

적지 않은 시간이 지나 누군가에게서 나지막이 신음 같은 목소리가 흘러나왔다.

"상인? 대체⋯⋯."

그것을 시작으로 주변이 술렁이기 시작했다.

"그런 존재가 실존한다고?"

"말도 안 돼."

사람들의 수군거림 사이로 우중천이 말문을 열었다.

"나는 서둘러 무림맹으로 가야겠다."

"할아버님, 저 말이 모두 사실이라면 위험합니다."

"분명 그렇겠지. 지금까지의 상황을 보건대, 마교 소교주의 말은 참일 확률이 높으니 말이다."

"그렇다면 조금 알아본 후에 움직이시는 것이 어떻겠습니까?"

"이미 늦었겠지만 더 늦어지기 전에, 아무런 손도 쓰지 못하기 전에 직접 확인을 해보고 싶구나. 지금 이곳 정파, 아니, 무림에서 대체 무슨 일이 벌어지고 있는지를 말이다."

조용히 듣고 있던 용민이 말했다.

"꼭 그렇게까지 하여야겠습니까? 지금 세가는 가주님을 필요로 하는 상황입니다. 현 상황에서 만일 무슨 변고가 추가적으로 생기게 된다면, 세가는 말로 하기도 힘든 타격을 받을 것입니다. 멸문의 위험도 배제할 수 없습니다."

"지금 무림맹도 그런 상황이 아니겠습니까? 도움을 절실히 원하는."

"……."

"무림맹이 위기에 처했음을 알면서 모른 척 등을 돌린다면, 정작 무림이 무너졌을 때 누구를 원망해야 할까요? 무림맹의 위기를 무시한 다른 동료들? 아니면 저 자신을?"

"……."

"항상 사정이 좋을 수는 없지요. 이것 때문에 이러지 못하고, 저것 때문에 저러지 못한다면 세상 무엇을 할 수 있겠습니까? 은공 덕에 어렵게 구제를 받은 목숨이나, 저는 당장 죽더라도 후회가 없고 부끄럽지 않은 삶을 살고 싶군요. 무인이 죽음을 두려워한다니 그것만큼 우스운 말이 어디 있습니까?"

우중천의 각오는 확고했다.

그의 말 한마디, 한마디에 필설로 담을 수 없는 깊이가 담겨 있었다.

주변에 있는 모든 이들의 고개가 자연스럽게 숙여질 정도였다.

"저는 정파입니다. 결코 이 이름을 사용하면서 부끄러울 수 없습니다."

　　　　　*　　　　　*　　　　　*

　우중천은 더 이상의 사족을 붙이지 않았다.

　그는 날이 밝기가 무섭게 자신의 말대로 자신을 따르는 고수들을 추려서 무림맹으로 향할 채비를 마쳤다.

　"은공께 보답도 하지 못하고 떠나는 본인을 용서해 주십시오."

　"아닙니다. 함께 따르지 못하는 제가 죄송할 뿐입니다."

　용민의 말에 우중천이 신선과도 같은 미소를 지었다.

　"대도무문이라지요. 하나 큰길은 하나가 아닙니다. 각자의 길이 있는 법인데 제가 가는 길이 옳다고 강요할 수 없는 법이지요. 그건 그렇고, 은공께서 저희에게 부탁하실 것이 있다 하지 않으셨습니까?"

　우중천의 말에 용민이 소운을 슬쩍 돌아본 후, 이내 고개를 가로저었다.

　"아닙니다."

　"불편한 이야기입니까?"

　"그것도 아닙니다."

　"그럼 편하게 말씀하셔도 됩니다."

　우중천의 부드러운 화술에 용민이 미소를 짓고 말았다.

"사실은 제가 할 일이 있기에 잠시 소운을 이곳에 맡기려 했습니다."

또 자신을 놓고 떠난다는 말에 놀란 소운이 용민을 올려다보았다.

용민은 그런 소운에게 미안하다는 듯 어색한 미소를 던졌다.

이야기를 들은 우중천이 고개를 갸웃거리며 질문했다.

"그게 그렇게 어려운 말씀이셨습니까?"

"어지러운 상황을 뻔히 아는데, 그런 부탁을 어떻게 드릴 수 있겠습니까?"

우중천이 너털웃음을 지었다.

"허허. 그게 어찌 부탁이 되겠습니까. 오히려 저희가 청을 드려야 할 이야기였군요."

"예?"

우중천은 인자한 미소로 소운을 보며 말했다.

"제가 자리를 비우는 동안 우문세가의 공백을 소운 소협이 맡아주시는 것인데 어찌 폐가 되겠습니까? 그렇지 않소, 소운 소협?"

그 한마디에 조금 전 용민의 말에 서운해하고 있던 소운의 표정이 밝아졌다.

사람의 말이란 것이 아 다르고 어 다른 법이다.

소운이 그 큰 두 눈을 깜빡거리며 용민을 올려다보았

다.

"어떠냐? 이곳에서 소운 너를 필요로 한다는구나."

"제가 두 분이 돌아오실 때까지 이곳을 지킬게요."

용민이 그를 마주 보며 고개를 크게 끄덕여 주었다.

소운의 당당한 대답에 용민을 시작으로 주변의 사람들이 푸근한 웃음을 흘렸다.

소운으로 인해 잠시 고통을 잊을 수 있었던 것이다.

용민이 소운에게 말했다.

"그럼 잠시 다녀오마."

"…기다릴게요."

애매한 느낌의 대답이었다.

그것을 느낀 용민이 자신의 오른 손바닥으로 소운의 머리를 거칠게 헤집어놓았다.

"어디 안 도망간다, 이 녀석아."

"헤헤."

우중천이 분위기를 전환하며 말문을 열었다.

"그럼 저도 이제 떠나야겠습니다. 소연아."

"예, 가주."

"이제 이 가문의 주인은 너다."

놀란 우소연이 봉목(鳳目)을 크게 뜨고 우중천을 올려다보았다.

"할아버님!"

"내가 죽으러 가겠다는 뜻이 아니다."

"그렇다면 임시로 맡고 있겠습니다. 그 말씀은 거두어 주세요."

"말을 거둘 이유가 없다. 모든 것은 시와 때가 있다. 지금은 네가 가문을 물려받을 때가 되었을 뿐이다."

"……."

우중천이 푸근한 미소를 지으며 우소연에게 말했다.

"걱정 마라. 무사하게 돌아올 테니. 내 꼭 네 성혼도 증손자도 지켜볼 것이니 말이다."

그 말에 우소연이 미소를 지으며 고개를 숙였다.

"알겠어요. 그 약속을 꼭 지키실 거라고 믿고 기다리고 있을게요. 조심히 다녀오세요."

"이해해 줘서 고맙구나."

우중천은 곧 등을 돌려 우문세가의 마차에 올라탔다.

그렇게 우중천이 얼마나 멀어졌을까.

떠나는 우중천을 보던 우소연의 눈가에서 눈물이 뚝뚝 떨어지기 시작했다.

용민은 그런 우소연의 눈물을 모르는 척해주었다.

누구에게도 들키길 원하지 않는 눈물임을 알았기 때문이다.

그때, 한정빈이 다가왔다.

"마차가 기다리고 있습니다."

용민이 마차에 오르자, 소운이 다가왔다.

그런 소운에게 용민은 한마디 말만 던질 뿐이었다.

"수련을 쉬지 마라."

"예."

대답을 들은 용민은 가볍게 고갯짓을 했고, 용민와 한정빈을 실은 마차가 이동하기 시작했다.

소운은 용민이 탑승한 마차가 멀리 사라져 언덕 뒤로 숨은 후에도 한동안 그 자리에 서서 지켜보았다.

2장

影徒隨我身 暫伴月將影 行樂須及春 我歌月徘徊 我

酒酒星不在天 地若不愛酒 地應無酒泉 天地既愛酒 愛

逢一斗合自然 但得酒中趣 勿為醒者傳 三月咸陽城 千花晝

萬事固難審 醉後失天地 兀然就孤枕 不知有吾身 此樂

聖酒酣心自開 辭粟臥首陽 屢空飢顏回 當代不樂飲 虛

1

모든 사건은 순식간에 일어났다.

상황은 생각보다 훨씬 최악으로 흘렀다.

모든 일은 용민과 한정빈들의 예상보다 더 빨리 악화일로를 걷고 있었다.

우중천이 무림맹으로 떠나고 얼마 후, 무림맹 측에서 작금에 일어나고 있는 혈겁에 대해 대대적으로 공표함과 동시에 사무련과 마교를 주범으로 지정하여 전쟁을 선포했다.

우중천으로 인해 생긴 일로 보이지는 않았다.

그가 서둘러 이동했다 해도 무림맹에 도착했다고 하기

엔 너무 이른 시점이었으니 말이다.

어쨌거나 그 선포가 터지자, 호전적 성향의 사무련은 자신들과는 관계가 없지만 걸어오는 싸움은 피하지 않겠다는 입장을 밝혔다.

의외로 마교는 아직 그 어떤 입장 표명도 하지 않았다.

물론 누구 하나 마교가 그냥 넘어갈 거라고 생각하는 사람은 없었다.

권토중래의 명분을 찾던 그들에게 이런 훌륭한 명분은 포기하기 힘든 당근과 같을 테니 말이다.

하지만 의외로 모두의 이목이 집중되어 있는 마교 내부의 분위기는 차갑게 가라앉아 있었다.

* * *

슈우웅!

마치 거대한 포탄처럼 튕겨져 나간 사내가 전신으로 두꺼운 내원의 문을 부수며 안으로 날아갔다.

콰과광!

"크흐흑!"

조금 전까지 내원을 굳건히 지켰던 문은 산산이 부서져 장작 조각이 되었고, 그 장작 조각 사이에서 사내가 신음을 흘리며 힘겹게 몸을 일으켰다.

입가에 맺힌 혈흔과 충혈된 눈동자.

적지 않은 내상을 입은 듯하다.

내상의 탓에 울컥하며 울혈이 목 위로 올라왔으나, 그는 애써 입까지 올라온 울혈을 목 뒤로 삼켰다.

꿀꺽.

숨긴다고 숨겨지는 것이 아니다.

한계에 도달한 몸이 흔들리고 있는 것은 막을 도리가 없었다.

그럼에도 사내의 눈빛은 죽지 않고 정면을 응시하고 있었다.

그의 시선에 여덟 명의 노인이 잡혔다.

노인들 중심에 자리하고 있던 건장한 체구의 노인이 장작더미 속 사내를 향해 말했다.

"내원주 남궁태선, 자네가 열쇠를 가지고 있음을 아네. 이제 그만 지존천실의 문을 열어주지 않겠나?"

"임무선 일장로, 나는 열쇠를 가지고 있지도 않거니와 지존천실은 교주의 신물이 있는 곳이오. 교주가 되지 못했다면, 그곳의 문은 소교주가 와도 열 수 없음을 알지 않소."

교주의 신물은 총 세 개가 있다.

가장 으뜸으로 치는 첫 번째가 중원무림인들이 마검이라 일컫는 일월신검 무현.

그 뒤로 두 번째가 앉아 있는 것만으로 내공 증진이 된다는, 지존천실에 자리한 지존좌인 일월지의 월천좌.

그리고 마지막 세 번째가 교주의 뜻과 귀결되는 일월지인이다.

일월지인은 이곳 마교에서 황제의 옥쇄와 같은 것이다.

마교 내 모든 결정의 귀결이 그 도장에 의해 결정되는 탓이다.

물론 지금 업무를 처리하기 위해 사용되는 도장이 있긴 하지만, 그것은 서로의 합의하에 일시적으로 사용하는 것일 뿐, 절대적인 효과를 지니고 있는 것은 아니었다.

지금 저들이 원하는 것은 일월지인이었다.

일월지인의 인장의 힘은 절대적이라고 봐도 모자람이 없다.

그 인장의 결과에 일월신교인들은 절대 불복할 수 없기 때문이다.

물론 그보다 더 강력한 힘을 지니고 있는 신물도 있다.

하지만 그 신물, 일월신검 무현은 실종된 절세신마 사야와 함께 사라진 상태다.

사실 일월신검이 있었다면 더 바라 마지않았을 것이다.

일월신검 무현을 들고 있는 이가 명을 내린다면, 교주인 절세신마 사야가 명을 내리는 것과 같은 영향력을 발휘할 수 있기 때문이다.

임무선 일장로가 대답했다.

"알지. 하지만 만일의 사태에 교주가 부재중일 시 유일하게 문을 열 수 있는 존재가 하나 있음도 알고 있다네."

그의 담담한 말을 들은 내원주 남궁태선의 이가 으득, 갈렸다.

"이것이 장로회의 뜻이오?"

"장로회? 허허, 아닐세. 이것은 하늘의 뜻이라네."

"하늘? 우리에게 하늘은 교주뿐임을 잊었소?"

"내 어찌 잊을 수 있겠나. 그분, 사야께서 보여주시던 그 하늘을 아직도 기억하고 있네. 그것은 우리 장로회 모두 마찬가지일 걸세."

임무선 일장로의 말에 나머지 일곱 장로의 고개가 끄덕여졌다.

그 말에 내원주 남궁태선이 핏줄기가 흐르는 자신의 입가를 훔치며 말했다.

"그런데 어찌 이럴 수 있단 말이오!"

살기와 슬픔이 가득한 그의 목소리에 임무선 일장로가 하늘을 올려보며 태연히 대답해 주었다.

"우리가 본 것이지, 그 하늘 위에 또 다른 하늘이 있음을."

"갈! 그런 불경스러운 말을 어찌 본 교의 신도로서 한단 말이오! 일월 위에 계신 혈마신의 분노가 두렵지도 않소?"

너무 분노한 나머지 남궁태선의 입에서 피 화살이 터져 나왔다.

기껏 갈무리하고 있던 내기가 폭주한 탓이다.

그 말에 임무선 일장로가 태연하게 말문을 열었다.

"안타깝군. 자네도 그 하늘을 함께 봤다면 일이 조금 더 쉬워졌을 텐데."

"절대로 그럴 일은 없을 것이오! 내 하늘은 당신들처럼 그렇게 쉽게 변하는 하늘이 아니니 말이오!"

"정저지와(井底之蛙) 좌정관천(坐井觀天)이라……."

임무선 일장로의 말을 들은 남궁태선의 입꼬리가 비릿하게 올라갔다.

"크크크. 내가 우물 안의 개구리라 이 말이오? 당신들이 아는 사실만이 모두 진실인 것 같소?"

"자네가, 아니, 과거 우리가 알고 있던 하늘도 분명 구름이 떠 있는 하늘이었다. 하지만 진짜 하늘이 그 위에 더 넓게 펼쳐져 있던 것뿐이지."

"천외천 따위의 말장난은 그만두시오! 내 귀를 더 더럽히지 말고 죽일 것이라면 죽이시오! 당당히 본 교의 혈마신의 옆에 가고 싶으니 말이오!"

임무선 일장로의 표정에 진심으로 안타까움이 어렸다.

"그것이 자네의 결정인가?"

"죽이시오. 물론 그냥 가만히 죽지는 않을 것이지만 말이오."

허세다.

말과 달리 그의 몸은 이미 넝마 수준이었으니 말이다.

이렇게 말하는 것도 힘들었다.

지금 서서 맞서고 있는 것 자체가 기적에 가까운 상태였다.

그 사실을 모를 리 없는 임무선 일장로가 무겁게 말문을 열었다.

"마지막으로 기회를 주겠네. 정녕 우리와 함께 새로운 하늘을 올려다보지 않겠는가?"

"이 변절자! 그 더러운 입 다물어라!"

남궁태선은 무거운 몸을 이끌고 자신의 몸보다 더 무겁게 느껴지는 검을 치켜든 채 임무선 일장로, 아니, 장로회를 향해 달려들었다.

일장로가 무덤덤한 표정으로 팔을 치켜들고, 그대로 미련 없이 휘둘렀다.

휘익!

달려들던 남궁태선을 향해 노도와도 같은 경력이 뿜어졌다.

쿠구구구구!

거친 파도와도 같은 경력을 마주한 남궁태선은 두 눈을

질끈 감고 말았다.

'여기까진가.'

그리고 잠시 후, 의문의 신음이 그의 입에서 새어 나왔다.

"...음?"

그런데 어째서일까.

강기에 자신의 몸이 찢겨져 나가고도 남았을 시간인데, 아무런 일도 일어나지 않고 있는 것이 아닌가.

스륵.

남궁태선의 눈이 슬며시 떠짐과 동시에, 눈동자에 의아함이 어리기 시작했다.

조금 전까지만 해도 자신을 덮치던 경력이 온간 데 없이 사라지고, 웬 낯선 사내가 자신의 앞을 막아서고 있음을 목격했기 때문이다.

하지만 그 의아함은 길어지지 않았다.

곧 그 낯선 사내의 주위로 자신이 익히 아는 이들이 하나둘 모습을 드러냈던 탓이다.

순간, 남궁태선은 설마설마했다.

저들은 자신이 섬기는 이의 수하들이었기 때문이다.

그때, 자신의 앞을 막아선 낯선 사내가 고개를 슬쩍 돌렸다.

남궁태선의 눈이 부릅 치켜떠지더니, 뜨거운 눈물이 글

썽이기 무섭게 무게를 주체하지 못하고 바닥에 떨어진다.

자신을 보호하기 위해 자신의 앞을 막아선 사내.

그 사내가 바로 자신이 그토록 기다려 마지않던 이였기 때문이다.

소교주 한정빈.

"어, 어떻게……."

한정빈이 따스한 눈빛으로 남궁태선을 돌아보았다.

"내원주."

"소교주님!"

그러나 눈물도 잠시.

곧 현실을 자각한 남궁태선이 자신의 검을 강하게 고쳐 들고, 휘청이는 발목에 힘을 주어 애써 앞으로 내디디며 다급한 어투로 말했다.

"이곳은 위험합니다. 피하십쇼! 제가 잠시 시간을 벌겠습니다!"

남궁태선의 걱정은 이유가 있었다.

자신이 아는 바에 따르면 소교주 한정빈이 비록 절정고수에 속한다고는 하지만, 결코 여덟 명의 장로를 상대할 정도는 아니기 때문이다.

저들 하나하나가 모두 화경을 목전에 둔 초절정고수이니 말이다.

물론 그런 그들에 맞서 자신이 시간을 벌 수 있을 것이라고 생각지는 않았다.

특히나 서 있는 것도 힘든 작금의 상황 속에서는 더욱 말이다.

그럼에도 자신은 서야만 했다.

교에 대한 은혜도 모르는 저런 무도(無道)한 것들이 소교주를 해하는 것을 그냥 보아 넘길 수는 없기 때문이었다.

작금의 혼란스러운 상황 속에서, 소교주 한정빈만이 교의 유일한 희망이다.

그 희망을 위해 한 호흡이라도.

아니, 한 발자국이라도 더 내디딜 수 있도록.

남궁태선이 고쳐 쥔 검을 다시 한 번 고쳐 쥐었다.

꾸우욱.

그때, 남궁태선의 마음을 이해한 한정빈이 장로와 자신의 사이를 막아선 그의 어깨에 가볍게 손을 올리며 대답했다.

"괜찮네. 누구도 나를, 그리고 자네를 위험에 빠트릴 수 없을 것이네."

"그, 그게 무슨……."

한정빈은 남궁태선의 의문을 풀어줄 생각이 없었다.

자신의 말뜻을 곧 알게 될 것이니 말이다.

한정빈의 시선이 장로들을 향했다.

"장로들, 오랜만에 보는구려."

"소교주……."

"그건 그렇고, 참으로 오래도 사는군. 나이도 적잖이 먹었을 텐데, 얼마나 더 산다고 주책들을 떨고 계시는 거요? 이젠 죽을 때도 되지 않았소?"

싸늘한 그의 시선과 목소리.

이미 장로원 장로들을 향한 한정빈의 얼굴에서 남궁태선에게 던지던 따스한 미소는 오간 데도 찾을 수 없었다.

천불처럼 타오르는 분노가 그의 가슴속을 활활 태우고 있었기 때문이다.

"으음……."

장로원들의 장로들 표정이 보기 좋게 구겨졌다.

노골적으로 모욕을 던지며 도발하는 소교주 한정빈이 불편했기 때문이다.

일장로 임무선이 말문을 열었다.

"굳이 이곳에 모습을 드러내야 했는가?"

"내 집에 내가 나타난 것이 많이 불편한가 보구려?"

그러자 일장로 임무선이 착잡한 어투로 대꾸했다.

"그대로 사라졌다면 소교주의 목숨만큼은 건질 수 있었을 텐데."

그 말에 한정빈이 비릿한 표정을 지었다.

"무슨 뜻이지?"

"지금 소교주가 이해한 뜻 그대로라네."

"마치 내 목숨이 당신들의 뜻에 의해 좌지우지되는 것처럼 말하는군. 다른 장로들도 모두 같은 생각들이오?"

한정빈의 질문에 일장로 임무선 뒤에 서 있는 장로들이 대답 없이 한정빈을 주시했다.

무언의 긍정이다.

그들의 시선을 받자, 한정빈은 천불로 들끓던 가슴이 싸늘하게 식는 것을 느꼈다.

화가 가라앉은 것이 아니다.

분노가 극에 이르자 놀랍게도 오히려 냉정해지고 있는 것이었다.

한정빈이 입꼬리를 올렸다.

피식.

자신도 모르게 웃음이 흘러나온다.

"그래, 묵언보다 확실한 대답은 없지. 그대들은 새로운 하늘을 봤다고 했던가? 자, 그럼 나에겐 누가 새로운 하늘을 보여주겠나?"

한정빈이 오연한 자세로 장로들을 마주섰다.

그러자 칠장로 화목운이 한 발 나서며 말했다.

"내가 상대해 주지."

"칠장로, 그대가 나에게 하늘을 보여줄 실력이 된다고 생각하는가?"

"하늘을 보여줄 능력은 없지만, 예의 없는 놈의 버릇을 고쳐 줄 수는 있지."

그 말이 끝나기 무섭게 한정빈의 눈빛이 변했다.

"예의 없는 놈? 예의라, 놈이라……."

파칭!

갑자기 가공할 기세가 한정빈의 전신에서 터져 나오기 시작했다.

고오오!

"지금 본 교를 팔아먹은 기생충의 입에서 예라는 말이 나온 건가? 그리고 감히 지금 본 소교주를 놈이라 칭했나!"

쿠구구구구구구!

그 기세에 맞서던 칠장로 화목운의 입에서 신음성이 흘러나왔다.

"으읏!"

순간, 장로들의 시선이 묘하게 변해갔다.

소교주 한정빈 본신의 실력이 결코 자신들의 아래가 아님을 깨달은 탓이다.

지금까지 잠잠히 자리를 지키던 오장로 문익현이 침음을 삼키며 말했다.

"설마 극마 경지를 오른 수준이 아닌, 극마의 벽을 넘은 건가? 그동안 우리에게 본신의 실력을 속였던 것인가?"

그제야 조금 전 바람같이 나타나 남궁태선의 앞을 막아섰을 때, 일장로 임무선의 강기를 가볍게 흐트러트리던 일수가 떠올랐다.

비록 일장로 임무선이 전력을 다해 공격한 것은 아니었지만, 그렇게 쉽게 사그라질 공격 또한 아니었다.

충분히 놀랄 만한 일인 것이다.

하지만 소교주 한정빈의 갑작스러운 등장이 주는 파장이 그 놀라움보다 더 컸던 탓에 그 사실을 인식하지 못하고 있었을 뿐이다.

"그게 중요한가?"

"하긴, 별로 중요한 것이 아니지. 그대와 우리가 적이라는 사실보다 중요한 일이 있을 수 없지."

그 말을 끝으로 각자 자신들의 검병을 쥔 장로들의 사이에서 동시다발적으로 살의가 피어오르기 시작했다.

속전속결로 합공을 하겠다는 뜻이다.

어느샌가 신호를 주고받은 모양이다.

자신들의 상대인 소교주 한정빈이 진정 극마의 벽을 넘은 고수라면 장로 개개인의 전투로는 쉽사리 승부를 낼수 없음을 깨달았기 때문이리라.

그들의 움직임을 목격한 한정빈의 얼굴에 처음으로 긴장감이 떠올랐다.

자신이 극마의 벽을 넘었다 한들 저들도 극마에 오른 초절정의 고수들.

저들과 자신의 실력은 한 끗 차에 불과하다.

그 한 끗 차이가 크다곤 하나, 장로 여덟을 동시에 상대할 정도는 아니었다.

물론 이곳에 모습을 드러내며 그것을 고려하지 않은 것은 아니었지만 말이다.

바로 그때, 누군가의 목소리가 그 팽팽한 긴장감 사이를 파고 들어왔다.

"소교주, 미안하지만 자네만 괜찮다면 그 하늘을 내가 먼저 견식해도 될까?"

2

목소리를 쫓아 시선을 돌린 한정빈은 용민을 발견할 수 있었다.

"어르신?"

한정빈의 목소리에 의아함이 담겼다.

무슨 연유인지는 모르겠지만, 용민은 직접 배반을 당한 소교주인 자신보다 더 분노하고 있는 듯한 모습을 보여주고 있었기 때문이다.

그가 그토록 분노하고 있는 것에 대한 이유가 궁금하긴

했지만, 지금 자신이 품은 호기심 따위가 중요한 것이 아니다.

상황의 흐름이 더 중요했다.

한정빈은 짧은 고민 끝에 고개를 끄덕이며 검을 거두고, 몸을 뒤로 물렸다.

"알겠습니다."

"고맙군."

이런 일촉즉발의 상황에서 검을 무르다니.

무르는 것을 넘어 감히 자신들에게 등을 보이다니.

이건 미치거나 용민이라는 존재를 절대로 믿지 않고서는 보여줄 수 없는 행동이었다.

자살행위에 불과하니 말이다.

"저런 건방진!"

"하늘 무서운 줄 모르고!"

하지만 한정빈은 장로들에게서 그 어떤 위협도 받지 않았다.

물론 장로들이 가만히 있고 싶어서 한정빈의 등을 지켜보고 있었던 것은 아니다.

이미 달려들고자 했으나 달려들 수 없었을 뿐이다.

어쩔 수 없었다.

움직이려고 마음을 먹은 순간, 거대한 벽이 그들의 앞에 나타난 듯한 압박을 받았기 때문이다.

그 압력에 누구도 손 하나 꼼짝할 수 없었던 것이다.

"이, 이게 대체!"

장로들은 이것이 용민으로 인해 생긴 현상임을 모를 수 없었다.

그제야 장로들의 시선에 한정빈 대신 자신들의 앞에 자리한 용민이 들어왔다.

일장로 임무선이 침음을 삼키며 질문했다.

"그대는 누군가?"

"나? 아까 니들 저 소교주란 아이랑 비슷한 이야기 하지 않았나? 우리 사이에 굳이 통성명 따윈 필요 없을 것 같은데."

적이라는 것만 알면 됐지 뭘 입 아프게 묻냐는 뜻이었다.

틀린 말은 아니다.

평소의 자신들이었어도 우선 손을 쓰고 난 후 입을 열었을 테니 말이다.

하지만 지금의 장로들로서는 그 말에 쉽게 동의할 수 없었다.

상대가 정체는 모르겠지만, 감당하기 어려운 존재임은 파악할 수 있다.

그것도 감히 경지를 알아보기 힘든 고수.

무엇보다 어려 보이는 외모를 지니고 있으면서 자연스

럽게 소교주에게 '아이' 라고 하대하는 모습과, 소교주가 깍듯이 '어르신' 이라고 존칭하는 모습은 그의 정체를 더욱 아리송하게 만들어주었다.

게다가 이유는 모르겠지만, 자신들에게 확실한 적의까지 지니고 있다.

그것도 모자라 자신들을 익히 알고 있는 듯한 눈빛으로 경멸 어린 시선을 보내고 있다.

어째서일까?

저 눈빛이 친숙하다.

자신들은 분명 처음 보는 이가 맞음에도 말이다.

장로들로서는 그가 누군지를 파악하는 것이 무엇보다 중요한 일이 아닐 수 없었다.

상대가 누군지를 알아야 대응이나마 할 수 있기 때문이다.

일장로 임무선이 공격 의사를 접었다는 듯, 검을 아래로 늘어트리며 용민에게 질문을 던졌다.

"혹시 우리를 아는가?"

"그게 그렇게 궁금해?"

"……."

"큭큭. 그래, 좋아. 알려주지. 안다, 이제 됐냐? 그럼 붙어볼까?"

그 말에 다급히 일장로 임무선이 질문을 이어 붙였다.

"우리는 그대를 처음 본다. 무엇보다 그대와 같은 존재에 대한 이야기조차 들어본 적이 없다. 정체가 무엇인가?"

"새끼들. 오래 묵은 생강이 맵다더니, 다 그런 것은 아닌가 보군. 이것들은 나이 처먹고 겁만 늘은 것 같으니. 젊을 적에는 그나마 쓸 만했던 것 같은데. 쯧."

장로들의 귀가 꿈틀거렸다.

"젊었을 적?"

"젊었을 적의 우리를 안단 말인가?"

그러나 용민은 더 이상 이야기를 해줄 이유도, 마음도 없었다.

"시끄럽고 그만 덤벼라, 썩은 생강들아."

용민이 천천히 허리를 펴며 주먹을 말아 쥐었다.

우두둑.

주먹을 쥠과 동시에 뼈 소리가 살벌하게 울려 퍼졌다.

시정잡배와 같은 모습이었지만, 그에서 풍기는 위압감은 질이 달랐다.

장로들은 감히 덤비지 못하고 다시 입을 놀렸다.

"자네는 대체 누군가?"

"나? 음식물 쓰레기 처리업자."

"음식물 쓰레기? 그게 무슨……."

그러나 장로들은 의문에 대한 대답을 들을 수 없었다.

시답잖은 대화를 더 이상 이끌어 나아갈 생각이 없는 용민의 신형이 이미 시위를 벗어난 화살처럼 앞으로 쏘아져 나오고 있었기 때문이다.

*   *   *

팟!

순간 이동이라도 한 것처럼 용민의 신형이 중간에 모습을 감췄다.

"사, 사술인가!"

용민의 공격에 대비하고 있던 여덟 명의 장로들은 당혹감을 감추지 못하고 주변을 살폈다.

하지만 크게 의미는 없었다.

아무것도 보이지 않았을뿐더러, 아무런 기척도 느낌도 찾을 수 없기 때문이었다.

그렇다고 용민이 홀연히 사라진 것이 아니란 사실은 알고 있었다.

그때, 들려오는 용민의 목소리.

"어딜 봐?"

목소리에 고개를 돌린 순간, 눈앞에 주먹의 형상이 다가온 것을 볼 수 있었다.

이건 피하고 말고 할 수 있는 것이 아니었다.

퍼억! 뻐억!

"커헉!"

"끄어어억!"

모두 긴장감을 늦추지 않고 경계의 끈을 놓지 않고 있었음에도, 어느 순간 사라졌을 때처럼 갑자기 모습을 나타낸 용민은 즉시 주먹을 휘둘렀고, 용민의 주먹이 뻗어지기가 무섭게 사장로 이언중이 날아갔다.

그 뒤를 이어 눈 깜짝할 사이에 칠장로 화목운이 입에서 피 화살을 뿜더니, 그대로 실 끊어진 연처럼 훨훨 날아갔다.

"이게 무슨!"

일장로 임무선이 비명과도 같은 경악성을 터트렸다.

자신의 상식선에서 일어날 수 없는 일이 일어난 탓이다.

여기 있는 장로 하나하나의 실력은 정파에서 말하는 화경의 경지와 동일시되는 극마의 경지에 오른 초고수급이다.

즉, 각자 한 문파의 장문인급의 능력자라는 것이다.

그런 그들이 아무런 대응도 하지 못하고 일수에 무너지다니!

무엇보다 자신들 모두가 한 사내에게 농락당하고 있는 현실을 받아들일 수 없었다.

아니, 무엇보다 자신이 이렇게 손 놓고 아무런 행동도 할 수 없다는 사실이 비현실적으로 느껴졌다.

꿈인가 싶을 정도였다.

그와 동시에 일장로 임무선의 귓가에 누군가의 뼈가 부러지는 소리가 거칠게 파고들어 왔다.

우두둑!

"아악!"

이어서 자신의 바로 옆에 서 있던 육장로 곽소적의 비명이 들려왔다.

방금 부러진 뼈 소리의 주인공이 육장로였다는 뜻이다.

그는 놀라 몸을 움츠리며 옆을 돌아보았다.

뼈 소리에 반응하여 바로 시선을 돌렸는데도 보이는 것은 당하고 있는 상태의 모습도 아닌, 당하고 난 후 무너지고 있는 육장로의 모습이었다.

그것도 팔과 다리가 관절이 없던 곳에 관절이 생긴 듯한, 관절이 있다고 해도 꺾일 수 없는 부분으로 꺾인 모습으로 말이다.

분명 뼈가 부러진 소리는 한 번만 들렸음에도, 육장로의 전신에 다양한 관절이 생겨 있음을 확인할 수 있었다.

극마의 고수 셋이 호흡 몇 번 내쉬는 사이에 아무런 대응도 못하고 속수무책으로 당했다.

그것도 죽지만 않았을 뿐, 폐기 수준으로 망가졌다.

일장로인 자신을 제외한 다른 극마의 고수 넷은 동료가 당하는 것을 거의 목격조차 하지도 못했다.

일장로 임무선의 두 눈에는 경악과 공포가 담겨 있었다.

"말도 안 돼!"

그러나 그의 경악성은 길게 이어질 수 없었다.

"컥!"

어느새 일장로 임무선의 앞에 나타난 용민이 그의 목을 잡고 들어 올린 탓이다.

일장로 임무선은 용민의 손에 목이 붙잡힌 채 손가락 하나 까딱하지 못하는 상태로 축 늘어졌다.

용민이 영하의 차가운 시선으로 장로들을 돌아보았다.

"고작 이 정도 실력으로 하늘을 논한다?"

"……."

"네 녀석들의 하늘은 무척이나 낮은 모양이구나. 아니면 그 하늘이란 놈의 수가 무척 많거나. 큭큭. 그래, 지금 내가 보여주는 하늘은 어떻더냐?"

"……."

"이번에도 조금 전까지 섬기던 하늘을 버리고 나를 따르겠느냐? 물론 나는 받아줄 용의가 없지만. 큭큭큭큭큭."

용민의 이죽거림에 장내의 분위기가 싸늘하게 가라앉

앉다.

뭐, 원래 훈훈한 분위기도 아니었지만.

장로들은 용민의 말에 아무런 대꾸도 하지 못하고 전의를 상실한 채 용민을 주시할 뿐이었다.

한 점의 온기조차 찾아볼 길이 없는 이 공간에서 떨고 있는 이들은 장로들뿐만이 아니었다.

그 외의 모든 이들 또한 경악을 금치 못하고 있었으니 말이다.

장로를 따르고 있던, 한정빈을 따르고 있던, 주변의 마교도들은 하나같이 자신의 몸을 주체하지 못하고 떨고 있었다.

다만, 경악을 느낀 이유는 조금 다를 수밖에 없었다.

장로들을 따르던 이들이 용민의 상식을 벗어난 강함에 압도적인 공포감에 떨고 있다면, 한정빈의 수하들은 짜릿한 쾌감과 경외감을 느끼고 있었다.

그들은 이곳에서 살아날 수 있을 것이라고는 조금도 생각하지 않고 있었다.

아무리 주군을 따른다지만, 계란으로 바위 치기라는 사실을 모르지 않고 있었으니 말이다.

그럼에도 남아서 따른 이들의 충성심은 대단한 것이라 할 수 있었다.

그런데 지금 그 상황이 완전히 바뀐 것이다.

죽음을 각오해야만 했던 조금 전과 달리, 칼자루를 이쪽에서 쥐게 되었으니 놀라지 않을 수 없었다.

하지만 그 와중에도 한 명의 반응은 남달랐다.

소교주 한정빈이었다.

그는 그럴 줄 알았다는 듯 고개를 끄덕일 뿐이었다.

작금의 상황이 당연한 결과라 확신하고 있던 것처럼 말이다.

패한다는 것을 상상조차 하지 않고 있던 것 같다.

조금 전, 한정빈이 내원주 남궁태선을 구하며 한 말뜻은 바로 이것이었다.

자신의 실력도 실력이지만, 바로 용민이라는 거대한 존재에 대한 믿음.

그때, 용민을 향해 날카로운 검기가 쏘아져 날아왔다.

일반적인 검기와 달랐다.

대부분의 검기가 일직선으로 쏘아지는 반면, 지금 날아오는 검기는 마치 뱀과 같은 움직임을 보이고 있었다.

"일장로를 놔라!"

높은 톤의 목소리.

여덟 장로 중 유일하게 여성인 삼장로 우모화의 공격이었다.

사십 대 중반의 나이지만 농염한 외모를 지닌 그녀의 색기 어린 눈빛은 살의로 가득했다.

주인의 눈빛과 닮은 사이함을 담은 그 검기가 기형적인 움직임을 보이더니, 갑자기 꺾이며 용민의 대추혈을 노리며 파고들었다.

단순히 검에서 쏘아낸 검기라기에는 너무나도 빛이 선명하고 강맹하기까지 했다.

분명 강기였다.

검기가 아닌 강기를 쏘아내어 저렇게 자유자재로 조종할 수 있을 정도의 실력이, 장로들 중 최약체로 꼽히던 그녀에게 숨겨져 있었단 말인가?

하지만 용민은 그 강력한 기운을 느꼈을 터임에도 특별한 대응 없이 서 있을 뿐이었다.

그 이유를 알 수 없는 위험한 행동에 한정빈이 다급히 한마디 외칠 정도였다.

"위험합니다!"

한정빈의 외침 때문이었을까.

그 긴박한 상황 속에서 용민이 반응을 보였다.

입꼬리를 말아 올리며 음침한 웃음을 흘리는 반응을 말이다.

용민은 삼장로 우모화의 공격을 피할 생각이 없는 듯 보였다.

"위험? 크크크!"

순간, 엄청난 굉음이 울려 퍼졌다.

터엉!

동시에 그 상황을 목격하던 모든 이들의 눈동자에 경악
이 어렸다.

용민의 뒷목을 노리고 쏘아져 날아가던 검기가 보이지
않는 벽에 막히기라도 한 듯 튕겨지며, 그 반탄력이 도리
어 우모화를 덮친 탓이었다.

"이게 무슨!"

장로들이 경악성을 토하기 무섭게, 강기를 쏘아낸 삼장
로 우모화의 입에서 비명 같은 신음이 흘러나왔다.

"꺄악!"

그제야 그들은 그녀가 쏘아올린 날카로운 강기의 정체
를 알 수 있었다.

강기로 둘러싸인 연검이었다.

우모화는 연검 끝에 강기를 씌워 날린 것이다.

츄르르르릇!

연검이 크게 출렁였다.

일반적인 검기보다 더 매섭고 날카로웠던 것은 단순히
기운만 쏘아낸 공격이 아닌, 검 자체를 날린 공격이기 때
문이었다.

튕겨져 나간 연검은 강기를 고스란히 담은 채 자신을
던진 주인을 향해 되돌아갔다.

쒜엑!

"어떻게!"

한 호흡이 채 지나기도 전에 허공에서 꺾이며 자신을 향해 쇄도하는 자신의 연검을 보고, 삼장로 우모화는 기겁을 하며 놀랐다. 이어 그녀는 본능에 가까운 움직임으로 다급히 몸을 뒤로 꺾었다.

우모화의 몸이 매끄럽게 뒤로 젖혀지기 무섭게, 되돌아오던 연검의 검극이 조금 전 그녀의 목이 있던 자리를 스치며 지나갔다.

슈숫!

삼장로 우모화는 전신의 털이 곤두서는 것을 느꼈다.

피해야 한다는 판단이 조금이라도 늦었다면, 자신의 목은 더 이상 자신의 것이 아니었을 것이 뻔하다.

"핫!"

짧은 기합성과 동시에 삼장로 우모화의 손목이 가볍게 움직이자, 연검이 크게 출렁이더니 곧 가라앉으며 주인의 명대로 움직이기 시작했다.

가벼운 행동처럼 보였지만, 연검을 갈무리하는 것은 그리 쉽지 않은 모양이었다. 순식간에 우모화의 얼굴에는 지친 기색이 역력했다.

그녀가 연검을 날리며 쏟아부은 공력도 대단한 것이었는데, 튕겨져 나올 때 사용된 기운은 더 강력한 것이었다.

문제는 이 정도 기운을 가진 공격이 용민이 아무런 행

동도 보이지 않았음에도 마치 방어막이라도 형성된 것처럼 튕겨져 나온 반격에 불과하다는 것이었다.

삼장로 우모화는 더 이상 공격을 가행할 엄두가 나질 않는 듯, 연검을 회수한 후 이를 꽉 깨물었다.

그녀를 포함한 나머지 장로들의 눈에는 이제 용민이 도저히 인간으로 보이지 않았다.

그때, 삼장로 우모화와 장로들의 공포에 가까운 눈길을 받고 있던 용민의 입에서 음침한 웃음소리가 흘러나왔다.

"크크크크크크크크."

그 웃음소리가 얼마나 음산한지 장로들은 주춤거리며 용민에게서 한 발 뒤로 물러섰다.

그런데 어째서일까.

용민이 흘리는 저 웃음소리가 마치 자신들을 힐책하는 듯 들리는 까닭은.

"누, 누구냐!"

"대체 정체가 뭐냐!"

그들의 질문에도 용민은 여전히 입을 다물고 있었다.

대답할 생각이 없는 듯 보였다.

히쭉 웃고 있던 입꼬리가 내려가고, 용민은 담담해진 표정으로 그렇게 천천히 장로들의 얼굴을 하나하나 주시했다.

용민에게 단숨에 제압당해 바닥에서 꿈틀거리며 억지로

고개를 들고 있는 장로들까지 말이다.

그 와중에 남아 있는 장로들 모두가 이상한 기분을 느낄 수 있었다.

'처음 보는 사람이 확실한데 눈빛이 낯익다. 대체 왜?'

장로들이 고민하고 있던 바로 그때, 용민의 말문이 열렸다.

"큭큭. 재밌군, 재밌어. 이게 하늘을 논하는 자들의 실력이란 말이지? 고작 이 정도로 말이야."

3장

飲影徒隨我身暫伴月將影行樂須及春我歌月徘徊我舞

酒酒星不在天地若不愛酒地應無酒泉天地既愛酒愛

通一斗合自然但得酒中趣勿醒者傳三月咸陽城千花晝

為萬事固難審醉後失天地兀然就孤枕不知有吾身此樂

上酒酣心自開辭粟臥首陽　屢空飢顏回當代不樂飲虛

1

"큭큭. 재밌군, 재밌어. 이게 하늘을 논하는 자들의 실력이란 말이지? 고작 이 정도로 말이야."

"……."

그 한마디가 장로들의 가슴속의 뭔가를 건드렸다.

두려움에 한 발 물러서던 장로들이 눈에 살기를 띠며, 자신들의 검병을 고쳐 잡기 시작한 것이다.

"오만한 놈."

"네놈이 강하다는 것은 인정한다. 하지만 넌 하지 말아야 할 말을 했다."

용민이 비웃는다.

"꼴에 자존심은 있다, 이건가?"

그때, 대답이라도 하는 것처럼 신음 소리가 들려온다.

"크흐흑!"

용민이 소리를 듣고 시선을 위로 올리자, 자신의 손아귀에 목이 잡혀 들려 있던 일장로 임무선이 신음을 흘리며 최대한의 몸부림을 치고 있었다.

그러나 목이 잡힌 채 들린 상태에서는 사람이 움직일 수 있는 한계가 있다.

목 아래의 모든 신경이 거의 마비가 되는 탓이다.

"왜? 방심해서 당한 거 같아? 기회를 한 번 더 줄까?"

용민의 말 때문이었을까?

얼마나 분한지 일장로 임무선의 눈에서 충혈된 핏줄이 터져 흘러나온 피에는 눈물이 섞여 주르륵 흐르고 있었다.

"원하는 모양이군. 그럼 기회를 줄 테니 한 번 더 덤벼봐. 마지막 기회가 될 테니 최선을 다해봐라."

용민이 손을 살랑거리듯 털자, 용민의 손아귀에 목이 잡혀 있던 일장로 임무선의 몸이 나머지 장로들이 자리한 곳으로 사뿐히 날아갔다.

물론 제대로 서지 못했다.

휘청!

일순간 일장로 임무선의 무너진 몸을 주변 장로들이 부

축해 주었다.

"일장로!"

"고, 고맙소. 이젠 괜찮소. 쿨럭쿨럭!"

장로들의 도움을 받아 힘겹게 일어선 일장로 임무선은 숨을 헐떡이며 살기충천한 눈빛으로 용민을 주시했다.

"으득!"

눈빛으로 사람을 죽일 수 있었다면 이미 용민의 몸은 오체 분시되어 죽었을 것이다.

용민이 이죽거리며 말했다.

"얼마나 기다려야 하지? 덤빌 생각은 있나? 그렇게 눈깔에 힘준다고 달라지는 건 없을 텐데."

그 말이 끝나기 무섭게, 일장로 임무선을 포함한 여섯 장로가 용민을 향해 달려들었다.

움직이기 전까지는 적지 않은 시간을 소요했으나, 한 번 움직이자 작은 망설임도 보이지 않는 여섯 장로였다.

협공을 망설일 상대가 아님을 깨닫고 있었기 때문이다.

스릉!

"청룡출강!"

가장 먼저 이장로 운석문의 길게 늘어진 시퍼런 칼날이 중간에서 휘어지며 용민의 가슴을 향해 날아갔다.

용이라는 이름이 들어갔지만, 요사스러운 뱀이 생각나는 움직임이었다.

파파팟!

동시에 삼장로 우모화의 연검이 바닥에서 용민의 하단을 치고 올라왔으며, 오장로 문익현의 등 뒤의 요추를 노린 검이 사선에서 찔러 들어왔고, 팔장로 요원구는 다섯 개의 표창을 사혈에 던진 후 채찍으로 발목을 노렸다.

마지막으로 일장로 임무선은 검으로 용민의 정수리를 노리고 찍어 내리는 중이었다.

누가 봐도 이건 막을 수도, 피할 수도 없는 최악의 상태였다.

믿음으로 가득 차 있던 소교주 한정빈도 당혹감을 금치 못하고 몸을 앞으로 날렸다.

"안 돼!"

하지만 소교주 한정빈이 제때에 도달할 수 없는 것은 자명했다. 혹여 도달한다고 해도 어찌할 방도가 없었다.

누가 봐도 용민이 건방 떨다가 스스로 위기에 처한 것으로밖에 보이지 않는 상황이었다.

일장로 임무선과 장로들이 희열에 찬 목소리로 외쳤다.

"건방진 놈! 죽어라!"

"지옥에서 너의 오만함을 자책해라!"

"하앗!"

모든 공격이 섬광처럼 빛을 발하며 용민의 몸을 유린하기 위해 날아들었고, 용민의 죽음은 기정사실화되고 있었다.

그때, 장로들과 주변에 자리하고 있던 사람들은 믿을 수 없는 장면을 목격하고 말았다.

가만히 있던 용민의 몸이 다섯 개로 분리가 되는 모습이었다.

마치 분신술이라도 쓴 것처럼 말이다.

첫 번째 용민이 주먹을 뻗어 이장로 운석문의 가슴을 공격했다.

우둑! 하는 소음과 동시에 용민의 주먹이 절반 이상이나 파고들어 갔다.

"커, 커헉!"

이장로 운석문은 경악을 금치 못한 표정으로 자신의 가슴을 내려다보더니 그대로 눈을 까뒤집고 숨을 거뒀다.

두 번째 용민은 자신을 향해 날아드는 삼장로 우모화의 연검을 왼발로 밟아 무력화시킨 후, 하복부를 발로 걷어차며 몸을 틀어 뒤차기로 안면을 후려갈겼다.

퍼퍽! 뚜둑!

삼장로 우모화는 비명도 지르지 못하고 그대로 목이 부러지며 나가떨어졌다.

세 번째 용민은 오장로 문익현의 등을 순식간에 점하더니, 요추를 정확히 무릎으로 찍어 내렸다.

오장로 문익현의 허리가 그대로 움푹 파이더니, 정상이

라면 뒤로 꺾이지 못할 각도까지 상체가 꺾여 그대로 접혀 버렸다.

네 번째 용민은 팔장로 요원구가 던진 다섯 개의 표창을 잡아서 고스란히 도로 던진 후, 다리를 채찍처럼 휘둘러 발목을 후려갈겼다.

그러자 우두둑, 하며 발목이 부러짐과 동시에 다섯 개의 표창이 팔장로 요원구의 사혈에 쑤셔 박혔다.

퍼버버버벅!

팔장로 요원구는 자신의 삶이 이렇게 끝나는 것을 믿을 수 없다는 듯이 눈을 동그랗게 뜨며 몸을 부들부들 떨고는 축 늘어졌다.

다섯 번째 용민은 자신의 정수리를 찔러 내려오는 일장로 임무선의 검의 면을 손등으로 튕겨냈다.

팅!

"헙!"

순간, 일장로 임무선의 중심이 크게 어긋나며 몸이 백팔십도 틀어졌다.

일장로 임무선은 상상 이상의 반탄력에 경악을 금치 못했다.

'내가 감당할 수 없을 정도의 반탄력이라니!'

분명 땅을 보고 있었는데 지금 자신은 하늘을 올려다보고 있었다.

등골이 오싹했다.

뒤집혀진 목 뒤로 날아드는 섬뜩한 느낌에 공중에서 억지로 몸을 틀었다.

서걱!

그럼에도 온전히 피하지 못했다.

일장로 임무선은 어깨 부근이 시큰해지는 감각에 어금니를 꽉 깨물었다.

"크흑!"

바닥에 떨어진 그는 그대로 바닥을 네 바퀴 구르며 용민에게서 거리를 벌리고, 방어적 자세로 자리에서 일어났다.

이 모든 상황이 단 한 호흡에 벌어졌다.

옆에서 상황을 지켜보던 사람들은 벌어진 입을 다물 줄 몰랐다.

그저 정신을 차리고 봤더니 죽거나 죽기 직전의 상황에서 바닥을 뒹구는 장로들 틈에서 멀쩡하게 서 있는 용민과, 어깻죽지를 깊게 베인 채 숨을 헐떡이고 있는 일장로 임무선이 대치하고 있었기 때문이다.

있을 수 없는 일이 일어났다.

강맹한 힘으로 마교를 지배하던 여덟 장로들이 너무나도 허무하게 패배한 것이다.

보고도 믿어지지 않았다.

너무 비현실적인 일이라 꿈을 꾸고 있나 싶었다.

악몽을 말이다.

도저히 깰 수 없는 악몽을.

"이게 어떻게 된 일이지?"

주변에서 지켜보던 이들이 의구심을 참지 못하고 의문을 드러내며 속닥거리고 있었다.

무공이 떨어지는 이들은 신기한 체험을 한 듯한 표정을 지은 반면, 무공이 높은 사람일수록 경악 어린 표정을 얼굴에서 지우지 못했다.

이곳에서 용민을 제외하고 가장 높은 실력을 지녔다 볼수 있는 소교주 한정빈의 얼굴이 가장 볼만했다.

이건 실력의 고저를 넘어선 문제였던 탓이다.

한정빈은 용민이 도저히 인간으로 보이지 않았다.

힘들게 서 있던 내원주 남궁태선이 놀라서 갈라진 목소리로 한정빈에게 물었다.

"소교주, 대체 저분은 누구십니까?"

"……."

그 질문에 대답할 수 없었다.

자신이 뭘 안다고 대답하겠는가.

사실 조금 전까지는 조금 안다고 생각했었다.

그런데 알고 있다고 생각했던 것 자체가 불경이었다라고 자책하는 중이었다.

용민이 보여준 신위는 도저히 말로 표현할 수 있는 수준이 아닌 탓이었다.

용민이란 사람이 누군지 너무나도 궁금해지기 시작하는 한정빈이었다.

물론 용민이 궁금한 사람은 한정빈뿐만이 아니었다.

일장로 임무선이 허무한 표정으로 눈을 감았다 뜨며 용민에게 질문했다.

"…대체 네놈은 누구냐?"

"바람 따라 구름 따라, 떠돌아다니는 나그네라고나 할까?"

"장난하지……!"

순간, 숨이 턱 막힌다.

일장로 임무선의 머릿속에 뭔가 기억이 스쳐 지나간 탓이다.

저 개도 웃지 않을 재미 없는 말장난을 분명 어디선가 들어본 기억이 있었다.

머릿속에 누군가가 떠올랐다.

'아니야, 있을 수 없는 일이다!'

그러나 일장로 임무선의 살기가 충천하던 눈빛은 이미 변해 있었다.

의혹과 의문으로 물든 그의 시선이 용민을 살폈다.

저 재수 없는 말투.

염장을 지르는 눈빛.

마른침이 넘어갔다.

얼굴은 분명 아니다. 아예 다른 사람임이 확실하다.

그러나, 저 눈.

그 사람이 늘 사람 엿 먹일 때마다 보여주었던 미세한 얼굴 근육의 움직임.

"말도 안 돼!"

"뭐가 말이 안 된다는 거지?"

용민의 질문에 일장로 임무선이 버럭 분노를 토했다.

"네 녀석은 누군데 나를 현혹시키는 것이냐!"

용민의 눈빛이 슬쩍 변했다.

"오호. 나를 아직 기억하는군."

"그는 죽었다!"

일장로 임무선의 말에 용민이 고개를 끄덕이며 대답했다.

"맞아. 분명 죽긴 했지. 그런데 오래 살다 보니 세상에는 참 별일도 많더군. 생각지도 못한 일들 말이야."

그 와중에 일장로 임무선의 시선이 용민의 허리춤에 꽂혔다.

눈꺼풀이 몇 번 깜빡거리더니 눈과 입이 쩌억 벌어졌다.

그러곤 그대로 경직되었다.

마치 시간이 그대로 정지된 것처럼 말이다.

"아, 이놈?"

용민이 허리춤에 대롱대롱 매달려 있는 무현을 툭툭, 쳤다.

임무선이 의문을 드러냈다.

"그 신물을 네가 어떻게!"

"참 놀랄 것도 많네. 내 것을 내가 들고 다니는 것이 그렇게 놀랄 만한 일이냐?"

"그것이 어떻게 네 것이란 말이냐! 그것은 본 교의 신물이다! 이리 내놓거라!"

"주는 건 어렵지 않은데……."

"내놔라!"

"후회할 텐데? 그렇지 않아도 지금 이 친구가 화가 나 있는 상태라서 말이야."

"너 같은 녀석이 지니고 있을 만한 물건이 아니다!"

"그럼 너는 자격이 있고?"

"……."

용민이 피식 입꼬리를 올렸다.

"이 녀석을 원해? 그럼 가져가 봐. 네가 나에게서 가져 갈 수 있다면 이 녀석도 너를 인정까지는 몰라도 막 대하지는 않을 테니까."

순간, 용민의 허리춤에 매여 있던 무현이 웅웅거리며

울기 시작했다.

그것을 본 일장로 임무선은 용민의 말뜻을 정확히 이해한 듯 보였다.

하지만 그 말을 납득한 것 같지는 않았다.

확실히 납득을 했다면 저런 탐욕 어린 표정을 짓지는 않았을 것이니.

조금 전까지 두려움에 떨던 것이 무색하게 될 정도로 말이다.

착각을 했다 한들 그것이 면책이 될 수는 없다.

자기가 듣고 싶은 것만 들었다 해도 그것 또한 자신의 선택인 것이니까.

일장로 임무선은 입고 있는 부상도 염두에 두지 않고 바닥을 박찼다.

그것을 본 용민이 울고 있는 무현을 향해 조용히 읊조렸다.

"잔소리할 필요 없어. 이게 다 네가 잘나서 인기가 많은 탓에 생긴 일이니까 참아."

그 말에 무현의 울음이 그쳤다.

왠지 우쭐거리는 느낌이다.

검이 마치 사람처럼 느껴지는 순간이었다.

그제야 용민은 만족스러운 반응을 보이며 일장로에게 시선을 돌렸다.

돌려진 그의 눈빛에 측은함이 어려 있었다.

"…불을 향해 달려드는 나방의 최후는 항상 타 죽는 것이지."

무현의 손이 느릿하게 들렸고, 그 손끝이 일장로 임무선을 향했다.

2

용민은 손속에 사정 따윈 두지 않았다.

더 이상 장난칠 이유도 없었다.

서걱!

일장로의 목에 붉은 선이 그려지더니, 머리가 서서히 미끄러져 내려간다.

"……?"

의아한 표정을 지닌 채 바닥에 떨어진 머리.

텅!

바닥으로 묵직한 소리를 내며 떨어지기 무섭게, 텅 빈 목 위로 피 분수가 뿜어진다.

푸슉!

그는 자신이 어떻게 죽었는지도 알 수 없었을 것이다.

떨어져 나간 목을 그리워하는 것인지, 아니면 억울하다고 항변하는 것인지 끝까지 서서 부들부들 경련을 일으키며 피 분수를 내뿜던 몸도 결국 바닥에 쓰러졌다.

털썩.

그때, 용민은 자신을 향하고 있는 사람들의 시선을 느낄 수 있었다.

과거 전장에 있을 때면 언제 어디서나 자신의 주위를 맴돌던 그 눈빛이다.

두려움과 경외감에 물들어 있는 시선.

적 · 개 · 심.

장로들을 처리한 것만으로 상황이 종료가 된 것은 아니다.

그러나 장로들을 따르던 이들만이 아닌, 장로들과 적대적으로 서 있던 이들까지 용민에게 살기를 드러내고 있는 중이었다.

하나같이 여차하면 덤비겠다는 수준이 아니라, 이미 용민 자신을 향해 달려들 준비를 마친 상태였다.

조금 전 장로들에게 압력을 받고 있던 내원주 남궁태선 역시 다른 마교도들과 다를 바가 없었다.

지금 이곳에서 유일하게 평정심을 유지하고 있는 것처럼 보이는 사람은 소교주 한정빈뿐이었다.

주변을 돌아본 후, 지친 기색이 만연해 보이는 내원주 남궁태선과 눈을 마주한 용민은 이어 소교주 한정빈을 바라보았다.

"큭큭. 어째 저들은 내가 마음에 안 드는 모양이군."

소교주 한정빈이 대답했다.

"그런 것은 아닙니다."

"그럼 이건 뭐지?"

"저들은 어르신이 두려울 뿐인 것입니다."

"그렇다고 발톱을 드러내? 두려우면 꼬리를 말아야지. 안 그런가?"

용민의 말에 소교주 한정빈의 얼굴이 가볍게 구겨졌다.

"우리들은 어르신께서 마교를 위협하실 수 있는 존재라고 판단을 한 것입니다."

소교주 한정빈은 용민에게 말하면서 '우리들'이라는 단어를 사용했다.

이 말은 자신의 생각도 다른 마교도들과 크게 다르지 않다는 것을 드러내는 바였다.

용민은 그런 소교주 한정빈에게 힐책하듯 말했다.

"네가 나를 데려왔잖느냐."

"죄송합니다."

용민의 입에서 작은 웃음이 터졌다.

"얼굴은 전혀 미안한 표정이 아닌데?"

"……"

용민은 조금 짜증이 났다.

녀석들의 마음이야 이해는 간다.

대충 이야기하자면, 주인의 부재중인 상황에 알 수 없는 자들의 외압으로 인해 갈라진 이념과 신념의 충돌로 내부에 갈등이 생겼는데, 그것 또한 어쨌거나 마교가 더 성세하기를 바라는 마음에 생긴 불가피한 싸움이라고 할 수도 있다.

더 쉽게 이야기하자면, 한마디로 지금까지는 그래도 집안싸움이었단 것이다.

서로 치고받고 싸우고 대장이 누가 되었다 한들 어차피 집안싸움이니 문제가 없었는데, 정체도 알 수 없는 이상한 놈이 와서 대가리들을 가차 없이 쳐버리니 집안의 근간이 흔들리게 될지도 모른다는 생각에 모든 분노의 화살을 자신에게 돌리고 있다 이 말이다.

자신 때문이긴 하지만 뭐 지금까지 분열된 모습을 보이던 마교가 하나가 되는 모습이 보기 나쁘지는 않았으나, 사실 용민이 거칠게 나오는 이유는 단순했다.

'짜증나네.'

어쨌거나 상황이나 상대가 누구든지 간에 자신에게 까부는 게 기분이 나쁜 것이다.

겉모습이야 용민이지만, 속은 복잡하게 생각하는 것보다 몸이 움직이는 게 편안한, 단순하고 배배 꼬인 더러운 성격의 사야였다.

더군다나 이곳은 법치국가가 아닌, 힘이 곧 법인 세상

이 아닌가.

힘이 법인 곳이니 힘을 보여주면 되는 것이다.

사실 이 상황을 해결할 쉬운 방법이 있었다.

하지만 그건 더러운 성격의 사야가 사용할 만한 방법은 아니었다.

그냥 풀 수 있는 것도 꼬고 보는 사야가 아니던가.

뭐, 그래야 상대가 덤빌 테고, 덤벼야 마음 놓고 팰 수 있으니…….

그 와중에 어디서 기어 나오고 있는지 조금 전까지만 해도 없던 녀석들이 바퀴벌레 떼처럼 우글우글 몰려드는 중이었다.

그 녀석들도 주변 교도들을 따라 대략 상황을 살피고는 용민에게 살기를 던져 댔다.

상황만 놓고 보자면 정체 모를 자가 침입해서 장로들을 죽인 것으로밖에 보이지 않을 테니 말이다.

"장로님들이… 습격인가!"

"저 녀석인가!"

사실 말이야 맞는 말이지만…….

용민은 현 상황을 주시하며 잠시 고민한 후 결정했다.

'우선 패고 보자.'

말로 설득하기 귀찮으니 여기 있는 놈들을 모조리 족치고 보기로.

"크크크큭. 내가 못마땅하면 덤벼라. 모조리 죽여줄 테니까."

용민의 전신에서 살기가 폭발하듯이 터져 나왔다.

"윽!"

"크흑!"

얼마나 흉흉한지 그나마 심약한 놈들은 당혹감을 드러냈고, 이들 중 그나마 평정심을 유지하고 있던 소교주 한정빈도 긴장한 모습으로 자신의 애검에 손을 뻗었다.

"이게 무슨 일이죠!"

어디선가 들려오는 날카로운 목소리.

그와 동시에 검병을 뽑아 든 교도들이 홍해마냥 좌우로 갈라졌다.

용민은 뭔가 싶어 그곳을 돌아봤다.

그러곤 교도들 사이에서 모습을 드러낸 사람을 확인 후, 곧바로 살기를 풀었다.

어찌 저 얼굴을 보고 살기를 드러낼 수 있겠는가.

용민이 작게 한숨을 내쉬었다.

한숨의 대상은 한 여인이었다.

이제 막 방령(芳齡)이나 되었을까.

앳된 모습이지만, 그녀는 보기만 해도 숨이 턱 막힐 정도의 아름다운 외모를 지니고 있었다.

하늘에서 막 내려온 선녀라고 해도 믿어 의심치 않을

그런 모습이었다.

"저 병신 하나 때문에 이 지랄들인가요?"

"……."

…입에 걸레를 물긴 했지만.

한예빈.

사야의 막내딸.

자신이 너무나도 사랑하던 여인을 쏙 빼닮은 아이다.

눈에 넣어도 아프지 않을 막내딸.

그러나 그녀에게는 심각한 문제가 있었다.

바로 과거 자신의 두통의 원인이었던 왈가닥 기질 때문이다.

너무 사랑스럽다 보니 다소 오냐오냐 키웠는데, 그것이 그만 버릇을 잘못 들이는 결과를 가져온 것이다.

뒤늦게 잡아보려 했지만, 이미 때가 늦은 상태였다.

사야가 직접 손을 쓸 수 없으니 주변 사람들에게 교육을 시키도록 명했지만, 그녀를 가르칠 수 있는 이는 아무도 없었다.

그녀는 똑똑했고, 악랄했으며, 아름다웠다.

한예빈의 무시무시한 무기에 하나같이 피를 보고, 피눈물을 흘리며 고배를 마셔야만 했던 것이다.

결국 사야도 손을 놓기로 결정하고 만다.

사야는 마지막으로 한마디 하기 위해 막내딸 한예빈을 거처로 불렀다.

"넌 대체 누구를 닮아서……."

말을 하다 말고 입을 다물 수밖에 없었다.

한예빈이 대답 없이 사야를 빤히 주시했다.

'누굴 닮은 것 같은데요?' 라고 말하는 눈빛이었다.

"흠흠!"

결국 한숨을 내쉰 사야가 두 손 두 발 들고 이렇게 말했다.

"니 꼴리는 대로 살아라."

"그러고 있어요."

"에효."

"오빠는 왔으면 곱게 올 것이지, 왜 여기서 깽판을 치고 지랄이야, 지랄이!"

"예빈아, 그게 아니라……."

"됐어! 무현 찾아온다더니 그 거지같은 꼬락서니 보니까 못 찾은 거 같고. 그냥 오긴 뭐하니 힘 딸려서 누군가 데려온 모양인데 마음대로 잘 안 된 거겠지. 병신 같은 장로 새끼들 뒈져 나자빠져 있는 걸 보면 저 사람한테 덤빈다고 될 일도 아닌 것 같은데, 잘 다독여서 밥이나 처먹이고 내려보내!"

"아니, 그게……."

소교주 한정빈이 쩔쩔매며 변명하려 하자 독사 같은 눈빛을 부라리며 날카롭게 쏘아본다.

"쫌!"

"…알았다."

고개를 푹 숙이는 한정빈이었다.

한정빈뿐이 아니었다.

용민은 그 짧은 사이에 뭔가 전투 의지를 고취시키며 긴장하고 있던 교도들의 사기가 확 꺾이는 것을 느낄 수 있었다.

그때, 용민을 돌아보며 한예빈이 말문을 열었다.

"형씨도 이제 그만하시죠."

"혀, 형씨……?"

한마디, 한마디 임팩트가 강렬하다.

딸내미의 말 한마디, 한마디가 신선하다 못해 자극적이었다.

익히 알고 있고, 단단히 마음먹고 있었다고 여겼지만, 지금 말하는 꼬락서니를 보니 과거 그녀가 그나마 자신의 앞에서는 예의를 차렸다는 사실을 알 수 있었다.

왠지 맥이 쭉 빠진다.

"딱히 적 늘리려고 온 것도 아닐 텐데. 형씨가 강한 척해서 얻을 것이 뭐가 있어요? 맛있는 따신 밥이랑 마실 만한 술 몇 병 줄 테니까 싸게싸게 먹고 가쇼. 싸움 잘한다고 괜히 나대봐야 피 칠한 채 밥 퍼 주는 사람도 없는 식당에서 퍼진 밥 먹는 것보다 그게 나을 텐데?"

용민은 감탄을 금치 못했다.

'못 본 몇 년 사이 더 아름다워졌고, 저 독사 같은 주둥이는 더욱더 지랄 맞아졌구나.'

용민만이 아닌, 주변 다른 교도들도 맥이 풀리긴 마찬가지였다.

긴장감으로 고취되던 분위기가 어수선한 술렁거림으로 바뀌고 있었다.

싸우고자 하는 의욕이 떨어진 것은 이미 오래다.

이야기를 들으면서 생각해 보니 배가 고파오는 듯도 했다.

무엇보다 단어의 선택이 위험하긴 하지만, 구구절절 옳은 소리만 하는 딸내미에게 할 말이 없었다.

약간 욱하긴 하지만, 솔직히 애한테 말로 이겨서 뭐하겠는가.

더군다나 딸내미한테 말이다.

아무리 개차반이라는 사야라 해도 부모는 부모다.

그렇다고 다른 사람의 몸으로 와서 자신의 딸내미에게 손을 댈 수도 없는 노릇이었다.

어쨌거나 복잡하게 가려고 하던 것을 쉽게 가기로 용민은 마음먹었다.

용민이 바닥을 향해 땅이 꺼져라 한숨을 푹 내쉬며 자신의 허리춤으로 손을 가져갔다.

그러자 긴장이 풀어져 있던 교도들이 순식간에 살기를 끌어 올렸다.

한정빈도 출수할 준비를 했고, 한예빈도 그 고운 아미를 구기며 한마디 했다.

"말을 하면 좀 귓구녕을 벌리고 들어, 이 씨팔 새꺄!"

한마디, 한마디가 용민의 머릿속을 어찔어찔하게 만들었다.

그렇다고 지금 하는 행동을 멈출 수는 없었다.

스릉!

용민이 힘겹게 무현을 뽑아들었다.

내기를 머금고 있는 무현은 뽑힘과 동시에 주위로 붉은 운무를 피어 올렸다.

그것은 진득한 피와 같은 검붉은 빛의 운무였다.

이런 기사를 일으키는 병기, 아니, 신기는 단 하나뿐이다.

적월신기라고도 불리는 사야의 독문 병기 무현.

무엇보다 무현은 스스로 주인을 선택하는 검으로, 주인의 자격이 없는 자를 거부하는 신기로도 유명하다.

주인으로 인정하지 않는다면 저 검을 드는 것은 물론이거니와, 저런 기사가 일어날 수도 없다는 뜻이다.

"저, 저건!"

"적월신기?"

마교도들이 다시 한 번 크게 술렁이기 시작했다.

소교주 한정빈이 외쳤다.

"지상에 마신이 있고, 천상에 마신이 있으며, 지하에 마신이 있다!"

순간, 자욱하던 살기가 일제히 사라지며 소교주 한정빈을 포함한 지금까지 적대적인 모습을 보이고 있던 모든 교도들이 한쪽 무릎을 꿇었다.

그들은 무릎이 바닥에 닿기가 무섭게 동시에 교언을 복명했다.

"지상에 마신이 있고, 천상에 마신이 있으며, 지하에 마신이 있다!"

이번에도 소교주 한정빈이 선창했다.

"하늘도 땅도 세상도 두려워하니, 두려워하는 모든 곳에 본 교가 영세하리라!"

교도들이 선창을 따라 복창하였다.

"하늘도 땅도 세상도 두려워하니, 두려워하는 모든 곳에 본 교가 영세하리라!"

그들이 외친 그 교언은 가슴 깊숙히 울리는 거대한 울림이 되어 세상에 퍼져 나갔다.

그동안 갈라져 있던 마교가 하나가 되는 순간이었다.

3

"소교주께서 오셨습니다."

"들라 하라."

지존천실의 문이 열리고 소교주 한정빈이 모습을 드러냈다.

한정빈은 고개를 숙인 채 안으로 들어간 후, 서서히 고개를 들었다.

지존좌에 느긋하게 앉아 책을 보고 있는 용민의 모습이 시야에 들어왔다.

"부르셨습니까?"

"그냥 같이 차 한잔할까 해서."

"그러시겠습니까?"

"어."

시녀는 조심스러운 몸짓으로 주전자를 들어 한정빈 앞에 놓여 있는 빈 찻잔을 채웠다.

용민의 찻잔은 이미 채워져 있었다.

시녀가 둘의 시야 밖에 시립하고, 용민과 소교주 한정빈은 찻잔을 들었다.

그렇게 별 대화 없이 둘은 차를 음미했다.

'나를 왜 부른 것일까?'

한정빈은 고민하지 않을 수 없었다.

용민 같은 존재가 아무 이유 없이 자신을 부를 리 없다 생각하고 있었던 것이다.

한정빈은 요 며칠 사이의 일을 머릿속에 천천히 떠올렸다.

용민의 존재감과 관중을 휘어잡는 장악력은 대단했다.

누구 하나 그를 인정하지 않을 수 없었다.

마교를 장악하고 채 오 일이 되지 않아 모든 기관이 정상화되었다.

그 며칠 사이에 사방에 입김을 흘리던 장로들의 부재가 전혀 느껴지지 않을 정도로 자리가 잡힌 것이다.

물론 마교를 일반 무림 문파와 동일 선상에 놓고 볼 수는 없다.

일반 문파가 어디든 한 군데씩 이해관계와 득과 실을 따지는 장사치와 같은 모습을 지니고 있는 반면, 마교는 그들에 비해 심히 단순한 편이다.

단순하다고 무시할 수도 있겠지만, 사실 이 단순한 점이야말로 마교의 정말 위험한 부분이었다.

다른 무공을 수련하는 문파와 달리, 이들은 신을 섬기는 이들이다.

그 신은 강력한 무를 지닌 신이고, 신도들은 그 신을

본받아 강해지기 위해 무공을 익히는 자들이다.

그것도 광적으로 신을 섬기는 이들.

광신도다.

마교는 혈마신의 강림이라는 단일화된 궁극적인 목적 아래 모인 이들이기에, 그 어떤 무림 문파보다 더 강력하다.

문파의 위기 같은 특정한 상황에서만 힘을 한데 모을 수 있는 여타 무림 문파들과 달리, 언제나 힘을 하나로 모을 수 있기 때문이다.

즉, 마교는 하나의 왕국이라고 봐도 무관할 정도다.

한 문파를 이끄는 장이 아니라, 마교의 교주가 곧 교의 주인이다.

혈마신의 강림을 주도할 존재로, 마교에서 그는 신의 대리자이며 주인인 것이다.

무엇보다 마교에는 자체적으로 사회 체계와 경제 체계가 완전히 갖춰져 있다.

쉽게 말해서 자급자족이 가능하단 뜻이며, 그것은 마교가 국가의 형태를 이루고 있음을 말하는 것이다.

무림 문파는 세상과 단절되었을 때 문파 자체만으로 살아갈 수 없지만, 마교는 세상과 단절이 되어도 교의 존속에 전혀 문제가 없다.

새외의 국가들이 마교를 하나의 나라로서 평가하는 데

는 이유가 있는 것이다.

어쨌거나 마교의 교인들에게 혈마신의 강림은 삶의 목적이라고 할 수 있을 정도의 큰 의미를 지니고 있었다.

혈마신은 세상을 피로 물들여 이미 더러워진 사회와 죄악을 씻을 고귀한 존재기에, 그의 대리인인 교주 역시 절대 약한 자가 올라갈 수 있는 지위가 아니다.

그리고 그런 성향으로 만들어진 이들만의 율법.

바로 힘의 율법이다.

용민은 혈마신의 신물인 무현의 선택을 받은데다가 강하기까지 했다.

이런 이들에게 용민은 더 이상 적이 아니라 경외의 대상일 뿐이었다.

혈마신의 차기 후보라고나 할까?

장로를 제외한 가장 강력한 힘을 지닌 자들.

내원주 남궁태선을 비롯하여 호법원주 갈음용, 집법전주 전우소, 지객당주 원리, 외원주 완도율 등등.

소공자 한정빈과 사야의 막내딸 한예빈까지.

모두가 용민에게 진심을 다해 충성을 맹세했다.

이쯤에서 하나 짚고 넘어갈 것이 있다.

한정빈의 모습이었다.

사실 일반적인 시선에서 판단했을 때, 소공자 한정빈의 행동은 배알이 없거나 비겁하게 보일 수 있었다.

본인이 교주가 되지 못한 것에 조금도 분노하거나 아쉬워하지도 않고, 용민에게 굴복했기 때문이다.

그러나 이는 잘못된 생각이다.

다시 밝히지만 마교는 무림 문파가 아니다.

무를 숭배하는 국가 수준의 크기를 지닌 종교 집단인 것이다.

물론 처음에는 한정빈 또한 자신이 아닌 용민이 마교의 교좌에 오를 때, 억울한 마음이 아예 없지는 않았다.

노력은 자신이 다했는데 엉뚱한 이가 자리를 차지하고 앉았으니 말이다.

그러나 언제부터였을까.

용민이라는 존재를 인정하지 않을 수 없었다.

사분오열되었던 마교가 하나로 뭉쳐진 현 상황을 직시하면서 말이다.

자신이었다면 이렇게 단기간 만에, 이렇게까지 갈라진 사람들을 하나로 모을 수 없었을 것임을 잘 알고 있는 탓이다.

그 짧은 시간에 이 정도로 맹목적인 충성심을 보이도록 만들다니.

비현실적이라고 봐도 무관했다.

소교주 한정빈이 봐도, 아니, 그 누가 봐도 용민의 통솔력은 정말 대단했다.

그의 한마디에 누구 하나 토를 달 수 없었고, 반박할 수 없었다.

용민의 말이 모두 옳았기 때문은 아니었다.

그러나 그가 내뱉은 말들이 모두 현실이 되었기에 아무도 그르다고 할 수 없었다.

상식 밖의 행보.

위협적으로까지 느껴질 정도의 공격적 대응.

반론의 여지가 있을 수밖에 없는 움직임이었지만 그것은 놀라운 효과를 내었다.

이토록 공격적인 방법으로 효과를 보다니.

마치 마교에 수십 년간 자리 잡고 살며 구석구석을 파악한 이와 같지 않은가.

그렇게 모든 것이 정리되어 순조롭게 돌아가는 것처럼 느껴졌다.

하지만 교도들 누구 하나 긴장을 늦추지는 않고 있었다.

모두들 알고 있었던 것이다.

이것이 상황의 정리가 아닌, 어떤 거대한 사건에 대비하는 시간을 버는 일임을.

사실 그러한 이유 때문에 조금 더 수월하게 용민이 마교를 장악한 것일 수도 있었다.

어쨌거나 그들의 걱정은 그리 오래가지 않아 현실이 되

었다.

*   *   *

별다른 이유 없이 소교주 한정빈을 용민이 찾아 부른
지도 4일째 되던 날이었다.

"후릅."

"……."

"오늘도 차가 좋군."

첫날, 아무 대화 없이 차만 마시며 앉아 있던 둘에게도
변화가 생겼다.

어느덧 조금씩 대화가 이어지기 시작한 것이다.

물론 그리 길게 이어지지는 않았다.

대부분 용민이 말을 걸고, 소교주 한정빈이 대답을 하
는 형식으로 대화가 형성되다 보니 어쩔 수 없었다.

대화라는 것은 주고받아야 길어지는 법이다. 필요한 대
답만 하고 질문이 없는 한정빈과 긴 대화를 나눌 수 있을
리 없었다.

술도 마찬가지 아닌가.

사실 한정빈이 사족을 붙이지 않는 것엔 이유가 있었
다.

지금 그의 머릿속이 그만큼 복잡한 탓이었다.

바로 자신 앞에 있는 용민이라는 사람 때문이었다.

생각을 하면 할수록 도무지 용민의 정체에 대해 짐작하기 어려웠다.

'원래 마교의 사람이었던 것인가?'

…아닐 것이다.

아니, 아니지 않을까?

'도저히 모르겠군.'

정말 알 수 없다고 생각하는 소교주 한정빈이었다.

용민은 분명 소교주 한정빈 자신이 이번에 무림에 나가 처음 알게 된 이가 확실하다.

한데 그런 그가 앉아 있는 지금의 지존좌는 너무 친숙하고 낯익어 보였다.

마치 용민이 원래 자리에 돌아와 앉은 것처럼 보일 정도로 말이다.

무엇보다 저 눈빛.

광오하고 거침없이 날카로운 저 깊은 눈.

저런 눈을 가지고 있는 이를 단 한 명, 자신은 이미 알고 있다.

'아버지……'

바로 사야였다.

이러다 보니 언젠가부터는 용민을 보면, 예전에 죽은 사야가 겹쳐 보이는 착시 현상이 생길 지경이었다.

"뭐 할 말 있나?"

지존좌에 앉아서 책을 보고 있던 용민의 질문에 소교주 한정빈이 대답했다.

"아닙니다."

"아니라면서 눈빛은 사람 잡겠는데?"

"헙! 죄송합니다."

"크큭. 농담이다. 넌 쓸데없이 고지식하던 첫째와 달리 놀려 먹는 맛이 있구나."

"예?"

"아니다. 신경 쓰지 않아도 된다."

"……."

얼버무리는 말과 달리, 용민의 표정은 무척이나 즐거워 보였다.

요 며칠 동안 용민은 간혹 이런 의미를 알 수 없는 말을 내던지고는 했다.

하지만 한정빈은 왠지 별로 기분이 나빠지거나 의아하다는 생각은 들지 않았다.

아니, 이유는 알 수 없지만 뭔가 조금 기쁘기까지 했다.

마치 아버지에게 칭찬을 듣는 듯한 기분이라고나 할까?

물론 자신의 아버지인 전 교주 사야는 그런 푸근한 사람이 아니었지만.

그러다 문득 한정빈의 머릿속에 며칠 전 용민이 장로들

과 싸우며 보여주었던 신위가 떠올랐다.

"그런데 그건 어떻게 하신 거죠?"

"그거라니?"

"장로들에게 손을 쓰실 때 육신이 분열되시던 것 말입니다. 혹시 전설 속에 나오는 분신술인 것입니까?"

"분신술? …아아, 그거?"

용민이 피식 웃으면서 말했다.

"별거 아니야."

"예?"

"그냥 몸을 좀 빨리 움직였을 뿐이지."

"아아, 그렇군… 예?"

한정빈은 수긍하여 대답하다 말고, 뭔가 이상하다는 생각에 뒷말을 의문형으로 올리고 말았다.

"왜?"

"그러니까… 잔상이라 이 말씀이십니까?"

"그렇지."

분신술도 말이 안 되는 이야기였지만, 지금 용민이 대답하는 답변 역시 말도 안 되는 이야기였기 때문이다.

대체 얼마나 빨리 움직여야 그런 잔상이 남는단 말인가.

그것도 장로 하나하나를 다 처단할 정도의 힘을 가진 잔상이라니.

대답을 들었지만 더 이해가 안 가는 소교주 한정빈이었다.

그래서 더 깊이 질문을 하려고 하던 찰나, 흘러나오려던 말을 삼켜야만 했다.

지금까지 싱글싱글 웃고 있던 용민의 표정이 비릿하게 변해 있는 것을 발견한 탓이다.

갑자기 돌변한 용민의 분위기에 소교주 한정빈이 의아한 시선을 던졌다.

"무슨 일이 있으십……!"

순간, 소교주 한정빈의 표정도 굳었다.

그도 느껴진 것이다.

불청객의 존재를.

문제는 그 불청객의 위치였다.

자리에서 일어난 한정빈.

창문 밖으로 하늘을 올려다보았다.

허공 위에 한 사내가 여유로운 자태로 떠 있는 것을 발견할 수 있었다.

4장

影徒隨我身暫伴月將影行樂須及春我歌月徘徊我舞

酒酒星不在天地若不愛酒　地應無酒泉天地既愛酒愛

近一斗合自然但得酒中趣勿醒者傳三月咸陽城千花晝

萬事固難審醉後失天地兀然就孤枕不知有吾身　此樂

酒酬心自開辭粟風首陽　屢空飢顏回當代不樂飲虛名

1

소교주 한정빈은 당혹감을 금치 못했다.

"어떻게 저런 일이!"

사람이 허공에 떠 있는 것이 납득이 가지 않았던 탓이다.

경공 중 최고 단계는 허공답보라 한다.

하지만 그것은 허공을 계단처럼 딛는 것처럼 오를 수 있다는 뜻이지, 공중에 영영 떠 있을 수 있다는 뜻이 아니다.

그런데 저 사내는 그냥 유유히 떠 있는 것이다.

잘못 본 것이 아니었다.

"사술인가?"

사술인지에 대해 의문을 드러냈지만, 이미 그는 사술이 아닐 것이라 생각하고 있었다.

알량한 사술 하나를 믿고 이곳에 모습을 드러낼 머저리가 있을 것이란 생각은 들지 않기도 했거니와, 조금 전까지만 해도 그의 기척을 알아차리지 못한 것이 바로 그 이유였다.

그 말인즉, 스스로 기척을 드러냈다는 것인데.

그때, 소교주 한정빈의 등 뒤에서 용민의 목소리가 들려왔다.

"너구나?"

"너라뇨?"

용민의 말에 한정빈은 의아함을 드러냈다.

아는 사람인가 싶었던 탓이다.

그러나 고개를 돌려 용민의 얼굴을 본 후, 그런 뜻으로 한 말이 아니라는 사실을 깨닫게 되었다.

용민은 바로 장로들이 말했던 상인이라는 존재를 지칭하고 있었던 것이다.

"우리 애들 꼬드겼던 놈."

대답을 들어 보니 역시 그러했다.

허공 위의 그도 그런 용민의 반응이 기가 막혔던 모양이다.

허공에서 내뱉은 그의 첫마디는 이것이었다.

"당돌한 녀석이군."

용민이 창가에서 등을 돌려 자신의 자리로 향하며 말했다.

"잠자리마냥 힘들게 떠 있지 말고, 용건 있으면 들어와라."

"잠자리?"

"자, 잠자리?"

당황하는 한정빈과 허공에 떠 있는 사내를 놔둔 채, 용민은 자신의 자리에 앉아 느긋한 표정으로 뜨거운 차를 자신의 찻잔에 따랐다.

그러고는 후후, 불어 한 모금 마시고는 창밖을 향해 말을 흘렸다.

"뭐해? 나 보러 온 거 아냐?"

용민의 태연자약한 말에 가장 당황한 모습을 보이는 것은 소교주 한정빈이었다.

의도치 않게 정체불명의 사내와 용민의 사이에 끼게 된 탓이다.

그러나 고민도 잠시.

소교주 한정빈은 용민이 앉아 있는 탁상으로 돌아가 원래 자리에 다시 착석했다.

용민은 창밖으로 시선도 주지 않은 채 말했다.

"들어와. 차 한 잔 정도는 줄 테니."

너무 어처구니없는 일을 당하면 화도 나지 않는다고 했던가.

어느덧 허공에서 내려와 창문 밖에 서 있던 사내는 허탈한 웃음을 흘렸다.

"후후후후후."

용민이 그제야 시선을 건네며 빙긋 웃어주었다.

"처 웃긴. 차 한 잔 얻어먹는 게 그렇게 좋냐?"

그 말에 싸늘해진 눈빛을 던지는 사내였다.

"그 차가 얼마나 맛있는 차인지 꼭 맛을 봐야겠군."

"둘이 먹다가 하나가 죽을지도 모를 맛이지."

의미심장한 내용이 담긴 말이었다.

농담 같은 진담이라고 해야 할까.

"그거 무척이나 마음에 드는 맛이겠군."

푸근한 미소와 웃음소리가 들리고 있었지만, 방 안의 분위기는 전혀 온화하지 못했다.

싸늘한 살기의 폭풍이 휘몰아치고 있었으니 말이다.

그 와중에 소교주 한정빈은 '풋!' 소리를 내며 웃음을 터트리고 말았다.

살기가 내려앉은 지금의 상황이 웃겨서가 아니었다.

용민이 그에게 전음을 남긴 탓이었다.

─저 자식이 창문으로 들어올지, 문으로 들어올지 내기

할까?

이게 제정신인 사람이 할 만한 이야기란 말인가.

이 긴박한 상황에 말이다.

그러나 문제는 그 순간부터 그만 자신도 궁금해졌다는 점이다.

과연 저 사내가 방 안에 어떻게 들어올지 말이다.

'과연……'

사내는 짧게나마 갈등하는 모습이 보였다.

그 상황에 그게 왜 그렇게 웃긴지, 웃음을 참기가 너무 곤혹스러운 소교주 한정빈이었다.

심각한 분위기라 더 웃긴 것일 수도 있었다.

그런 내부의 분위기를 읽은 것인가.

인상을 잔뜩 찌푸린 그의 손이 슬쩍 들어 올려졌다.

순간.

우지끈!

지존천실의 창문이 뜯어져 나가며 큰 구멍이 생겼다.

뜯어져 나간 외벽이 바닥에 떨어지며 충돌음이 터졌다.

쿠쿵!

그 소음을 들은 교도들이 사방에서 밀려오는 기운이 밖에서 느껴졌다.

"침입자다!"

"내원에 침입자가 나타났다!"

저 멀리서 교도들의 외침이 서서히 가까워지고 있었다.

하지만 사태를 만들어낸 당사자는 별로 개의치 않아 하는 듯 보였다.

포위당하는 것에 대한 어떠한 두려움도 찾아볼 수 없었다.

오히려 자신이 당당하게 벽을 뜯고 들어온 것으로 기세를 장악했다고 생각하는 것처럼, 의기양양한 표정을 지으며 안으로 유유히 걸어 들어왔다.

그것을 본 용민이 이맛살을 찌푸리며 혼잣말을 꺼냈다.

"문 놔두고 애먼 벽 뜯어서 들어오는 이유는 뭐야? 교양도 없는 놈."

그 한마디에 사내의 표정이 확 구겨졌다.

그 표정이 너무 공교롭게도 우스꽝스러웠다.

소교주 한정빈은 또 웃음을 터트릴 뻔했다.

하지만 극한의 인내로 참아내었다.

웃을 분위기가 아님을 잘 알고 있었기 때문이다.

그러나 웃음을 억지로 밀어 넣느라 가슴팍이 아파 죽을 지경이었다.

의도치 않게 이 상황이 가장 힘든 한정빈이었다.

물론 그렇다고 티가 나지 않는 것도 아니었지만 말이다. 입가를 씰룩이며 어깨를 들썩거리고 있는 이상은.

"……."

사내가 소교주 한정빈을 흘겨보았다.

용민은 빈 의자 앞에 빈 찻잔을 놓았고, 사내는 자연스럽게 그 자리에 앉았다.

쪼르르르륵.

용민은 손수 찻잔을 채워 주었다.

따스한 김이 모락모락 피어오른다.

언제 웃음을 참고 있었냐는 듯 다시 딱딱하게 굳은 한정빈의 표정.

냉각된 지존천실 내부의 분위기는 침 삼키는 것조차 부담스러웠다.

반면에 용민과 사내 둘은 지극히 평범한 움직임을 보였다.

서로를 살피고 있음이 확실한데, 겉으로는 전혀 그런 태가 보이지 않았던 것이다.

한정빈은 사내를 살피며 고민했다.

'이자가 정말 장로들이 말했던 그 상인(上人)이란 존재인가?'

그러나 아직 확인할 방법은 없었다.

용민과 사내는 서로 통성명 따위는 할 생각이 없는 듯 보였기 때문이다.

겉으로 보기엔 별다른 기운을 느끼기 힘든 20대 후반의 평범한 사내로만 보였으니 말이다.

물론 중원의 사람들과 외모는 사뭇 달랐다.

서장(티베트) 사람들과 비슷한 느낌의 모습이었다.

그렇다고 온전한 서장 사람의 외모도 아니긴 했다.

의상도 남달랐다.

중원에서는 한 번도 보지 못했던 특이한 양식의 복장이었고, 사막 유목 민족들이나 걸칠 법한 두터운 망토를 어깨에 걸치고 있었다.

어쨌거나 지금 외모나 의상이 중요한 것은 아니다.

그가 지닌 힘의 기원을 찾아보기 위해 관찰하다 보니, 별다른 정보가 없어 외모에 대한 부분을 하나씩 돌이켜 본 것뿐이니까.

정말 중요한 사실은 하나.

그가 정말 상인인가.

아까 보여준 신기를 봤을 때, 장로들이 말한 존재에 가깝게 느껴지긴 한다.

기척도 없이 이곳 본 교 내원까지 스며 들어왔고, 허공에 유유자적 떠 있던 그 신기를 보면 말이다.

하지만 상인이라는 존재가 이곳에 홀로 올 이유가 어디 있겠는가.

적진에 위험부담을 안고 말이다.

순간, 한정빈의 머릿속에 뭔가 떠올랐다.

'아니, 그럴 수도 있다.'

적이 얼마가 되었든, 부담을 느끼지 않을 정도로 강한 존재라면!

만일 그러하다면, 본신에 대한 믿음이 그토록 확고하다면, 오히려 수하들을 이끌고 돌아다니는 것이 번거로울 뿐일 테니 말이다.

한정빈의 생각이 거기에 미쳤을 때, 비로소 용민이 말문을 열었다.

"차 맛이 어떤가?"

사내가 대답했다.

"누가 죽긴 할 것 같은 맛이 맞군."

"이런, 자네, 꽤 젊어 보이는데, 안타깝군."

"삼가 고인의 명복을 빌겠네."

용민과 사내의 눈에서 불꽃이 튀었다.

용민이 다시 말문을 열었다.

"하하하하. 내가 따른 차가 상했나? 헛소리가 일품이군."

"늙은이들을 처리한 게 자네지?"

"장로들?"

"사실 그 늙은이들이 제대로 일을 할 것이라고는 별로 생각지 않았지만, 일반적인 선에서 봤을 때 그렇게 쉽게 꺾일 정도는 아니었을 텐데."

용민이 씨익 웃었다.

"왜? 궁금해? 그럼 경험해 볼래?"

"뭘."

"죽음을."

"큭큭."

"지옥에 가면 먼저 가서 자리 잡고 있을 장로들이 강강 술래하면서 반갑게 너를 맞이해 줄 거야."

사내, 아니, 상인이 이죽거리듯 말했다.

"재밌군."

"그래? 난 별로 재미 없는데."

"그럼 내가 재밌게 해주지."

"응?"

순간 사내의 손바닥 위에서 갑자기 열화의 기운이 폭발 하듯 생성되었고, 0.1초도 되지 않아 수박 크기의 불 공 으로 변했다.

화르르르!

"뜨끈뜨끈할 거다. 파이어 볼!"

"파이어 볼?"

2

일반적인 열양지기를 사용하는 열화공과는 달랐다.

소교주 한정빈이 놀란 눈을 동그랗게 뜨기 무섭게, 불

공이 사내의 손을 벗어나 용민을 향해 날아가기 시작했다.

"흥!"

용민의 손도 이미 움직이고 있었다.

불 공을 보자마자 용민의 손바닥이 탁자를 두드렸다.

텅!

강력한 충격파가 탁자를 통해 터져 나왔고, 용민을 향해 날아들던 수박만 한 불 공은 곧바로 피시식 소리를 내며 사그라졌다.

그 장면을 보고 놀란 한정빈이 용민을 돌아봤을 때, 용민은 이미 그 자리에 없었다.

팟!

용민의 신형은 상인이 앉아 있던 자리에 위치해 있었고, 단숨에 상인의 목을 휘어잡기 바로 직전이었다.

상인의 얼굴에 난감한 표정이 어렸다.

그대로 용민의 손아귀에 잡히는가 싶었다.

그때, 한정빈은 놀라운 장면을 목격하게 되었다.

상인의 몸이 신기루처럼 사라지고, 곧바로 용민의 뒤쪽에 모습을 나타낸 것이다.

"헛!"

용민이 본능적으로 주먹을 뒤로 휘둘렀고, 상인의 몸이 다시 사라지더니 창밖에 모습을 드러냈다.

파팟!

용민이 흥미로운 어투로 말했다.

"이건 움직임이 아닌데? 말이 안 되긴 하지만 혹시 사라졌다가 나타나는 건가?"

상인은 몸을 움찔하며 반응했다.

진심으로 놀란 듯했다.

"대단하군. 그런 것도 눈치챌 수 있나?"

"사실인 모양이군."

"어떻게 안 것이지?"

"공기의 흐름뿐 아니라 기의 흐름조차 없어."

상인이 고개를 끄덕이며 설명해 주었다.

"놀랍군. 이 기술의 이름은 블링크(근거리 순간 이동)라고 하지. 네가 이해하기 쉽게 설명하자면, 순간 이동 정도?"

"너 꽤 재밌는 기술을 사용하는구나. 무공은 분명 아닌데. 조금 전의 불덩어리도 그렇고."

"우리 세상에서는 마법이라고 한다."

"마법? 마술이나 요술 같은 거?"

"마술, 요술? 그건 속임수를 말하는 건가?"

"흠……."

"내가 사용하는 기술이 눈속임으로 보이는가?"

"아니."

"마법은 마나라는 이름의 자연의 기운을 사용하는 학문

이지."

"학문이라고? 무공이 아니라?"

"그렇다."

"그거 재밌는 학문이겠군."

"재밌어 보이나?"

"기회가 되면 배워보고 싶어."

용민의 말에 상인이 비릿하게 입 꼬리를 올렸다.

"큭큭, 그래. 배울 수 있다면 배워봐라."

"어렵겠지?"

"뭐, 너로서는 어렵겠지?"

상인의 비꼼에 용민도 비릿한 미소를 머금었다.

"건방진 놈."

용민의 말에 상인이 대꾸했다.

"네가 나에게 할 만한 말은 아닌 것 같은데."

"어린 노무 새끼가 꼬박꼬박 말대꾸는."

"그 말도."

"내가 좀 동안이라 그럴 뿐, 내가 너보다 100년은 더
살았다."

"난 200년은 더 살았을걸."

"그럼 나는 300년."

"'그럼 나는'이 뭐냐, 유치하게. 난 400년 더 살았
다."

"생각해 보니까 내가 500년 정도 더 산 거 같아."

유치함이 극에 달하는 둘의 말싸움이 이어졌다.

얼굴 표정 하나 변하지 않고 따박따박 따지고 물고 늘어지는 말싸움.

한정빈은 두 절대고수의 싸움이라고는 믿기지 않는 한없이 가벼운 말장난을 듣고 있었다. 현실감이 없는 모습이었다.

지금 눈으로 보고 들은 이 모든 것들이 아직 한정빈의 머릿속에서 제대로 해석이 되고 있지 못한 탓이다.

자신이 가지고 있던 모든 관념들이 깨 부서지는 그 한순간의 격돌은 한정빈에게 혼란을 가져다주고 있었다.

물론 한정빈이 어떤 상태인지는 용민과 상인에게는 별로 중요하지 않았다.

누가 보면 단순한 말싸움으로 보일지 모르겠지만, 사실 둘은 서로의 빈 틈을 찾고 있는 중이었기 때문이다.

쿠궁!

"뭐, 뭐지?"

한정빈은 거대한 기파의 충돌이 가져온 풍압에 정신을 차렸다.

그리고 깨달았다.

용민이 원래 자리에 없음을.

용민의 신형이 어느새 밖으로 쏘아져 나간 것이다.

창밖에서 용민의 목소리가 들려왔다.

"너 이 새끼, 참 잘도 나불대더구나. 그 주인처럼 개념 없는 자유분방한 혀를 뽑아주마!"

상인의 대꾸가 들려왔다.

"그럼 네 혓바닥은 귀여워서 그냥 내버려 두고 있는 줄 아는 거냐?"

소교주 한정빈이 생각했다.

'저 사내, 원래 저런 성격인 건가?'

용민이야 하도 여러 번 겪고 있으니 이제 그러려니 싶긴 한데, 저 사내는 의아스러웠다.

처음 등장했을 때만 해도 원래 저런 성격은 아니었던 것 같기 때문이다.

용민과 대화를 나누면서 수준이 비슷하게 변한 것일까?

하긴, 용민의 말은 뭐랄까……

듣는 이의 속을 긁는 무언가가 있었다.

짜증을 유발한다는 것과는 조금 다른데, 괜한 승부욕을 불러일으키는 말투라고 해야 할까?

말발로 밀리고 싶어지지 않게 하는 저 말투.

그것도 나름 전투 의욕은 전투 의욕이긴 하지만.

그렇다고 해도 이 저렴한 대화들이라니.

뭔가… 좀 안타깝다고 해야 할까?

어쨌거나 한 가지 다행이라면 다행인 건, 저 둘은 말만

하는 사람들이 아니라는 점이었다.

쿠궁!

말싸움을 하고 있던 찰나, 언제 그랬냐는 듯 굉음을 내며 두 사람이 충돌했다.

가벼운 말과 달리, 주먹은 한없이 무거운 존재들.

"밖?"

한정빈은 다급히 창밖으로 나가 시선을 던졌다.

허공에서 사내의 목소리가 들려왔다.

"죽어라!"

용민이 이죽거린다.

"유치하게 '죽어라'가 뭐냐, '죽어라'가. 그리고 난 앞으로 죽겠지만, 넌 이미 죽어 있다, 병신아."

쿵! 쿠쿵! 쾅!

사방에서 들려오는 굉음들.

번쩍번쩍!

기운들의 충돌이 만들어내는 섬광들.

땅에서는 교도들이 놀란 눈빛들로 하늘을 응시하고 있었고, 그 하늘 위에서는 허공을 땅처럼 자유롭게 운신하며 격돌하고 있는 용민과 상인이 시야에 들어왔다.

"매직 애로우!"

상인의 손끝에서 만들어진 빛의 화살이 용민을 향해 날아갔다.

용민이 자신의 허리춤에서 무현을 뽑아 들었다.

무현이 날카로운 섬광을 번뜩이며 잘 벼려진 모습을 드러냈다.

"광마강천!"

무현의 검극에서 만들어진 강기가 화살처럼 쏘아져 나가며 충돌한다.

콰콰광!

"대, 대체… 으아아악!"

"크악! 피해!"

그 충격파가 사방에 터지며, 주위에 자리하고 있던 수련이 부족한 교도들이 쓰러지거나 정신을 차리지 못하는 상황이 벌어졌다.

뒤늦게 교도들이 전투 반경에서 벗어나려고 움직이기 시작했다.

그 와중에도 둘의 전투는 치열하게 이어지고 있었다.

그 파장으로 인해 지상에 있는 교도들은 적지 않은 피해를 입어야만 했다.

하지만 용민은 교도들을 배려하는 데 할애할 정신이 없었다.

상인의 변칙적인 공격은 용민에게도 위협적이었기 때문이다.

용민이 억지로 파고들어 가 상인의 근거리를 점하면.

"이 새끼, 잡았다!"

피슉!

"내가 잡은 거 같은데?"

"쌍!"

어느새 용민의 등 뒤에서 모습을 드러내고 온갖 듣도 보도 못한 공격을 날려 보내온다.

용민은 욕도 제대로 하지 못하고 다급하게 피하는 데 열중했다.

둘의 전투는 그런 흐름의 반복이었다.

근접전에 유리한 용민으로서는 상인의 예측 불가한 도주 방식은 정말 짜증스러웠다.

원거리 공격을 중심으로 위협을 가하는 상인에 맞춰 강기를 쏘아보았다.

그러나 약간 위협적으로 느껴지기만 해도 순간 이동해 버리는 상인에겐 아무런 타격도 줄 수 없었다.

결국 용민이 이를 갈았다.

"이런 미꾸라지 같은 새끼."

용민은 말이 끝나기 무섭게, 하늘에서 섬광이 번쩍이며 뇌(雷)의 힘을 담은 거대한 기운이 자신의 머리를 노리고 내리치는 것을 느낄 수 있었다.

상인이 부리는 마법이라는 것이다.

이번 공격은 조금 전의 공격들과 조금 달랐다.

더 강력한 기운을 담고 있었으니 말이다.

무현을 들어 내리치는 섬광을 비껴내는 형태로 가까스로 튕겨냈다.

"크흣!"

용민의 입에서 작은 신음이 흘러나왔다.

그 섬광이 지닌 힘이 보통을 넘어섰던 탓이다.

섬광은 목표물을 잃고 튕겨져 날아가 그 힘을 작은 전각에 터트렸다.

콰과광!

명중된 작은 전각은 가루가 되듯 무너져 내렸다.

용민은 무너진 전각보다 자신의 손을 내려다보았다.

쩌릿쩌릿하다.

무현 정도의 검이 아닌 일반 장검이었다면, 아무리 잘 비껴 쳤다 한들 가루가 되어 으스러졌을 것이다.

"짜증나네."

용민의 시선이 하늘을 향했다.

용민이 바닥을 박차고, 연이어 허공을 박찼다.

용민의 신형이 화살처럼 하늘 위로 쏘아져 날아갔다.

위협적인 용민의 움직임을 빤히 보던 상인의 신형이 순간 허공에서 사라졌다.

그와 동시에 용민은 무현을 자신의 오른쪽 등 뒤로 튕기듯 보냈다.

"헉, 실드!"

등 뒤에서 상인의 다급한 비명성이 터졌다.

무현이 상인의 위치를 정확하게 점하여 날아갔다는 뜻이다.

하지만 무현은 자신의 역할을 온전히 실행하지 못했다.

상인의 앞에 자리하고 있는 무형의 벽에 막힌 탓이다.

카각! 카가각!

무현은 열심히 안으로 파고들려고 했지만 그의 주변에 생겨난 방어막은 생각보다 두터웠다.

"재밌는 잔재주가 많군."

용민은 상인 앞의 무형의 벽에서 열심히 용쓰고 있는 무현을 회수했다.

가볍게 손가락을 당기자 무현이 용민의 손아귀에 감기듯 들어왔다.

휘릭! 척!

상인이 굳어진 얼굴로 혼잣말을 중얼거렸다.

"혹시나 싶어 실드를 준비해 두길 잘했군. 위험할 뻔했어."

"실드? 호신강기와 같은 기술인가? 아니, 활용도 면에서 호신강기 따위와는 비교조차 되지 않겠는걸."

혼자 중얼거리고 있는 용민에게 상인이 질문했다.

"그건 그렇고, 어떻게 내 위치를 알았지?"

"그게 뭐 대수냐?"

"공기의 흐름, 뭐 그런 거냐?"

"큭큭. 공기의 흐름 따위는 몰라도 돼."

"그럼 어떻게?"

"왜, 네 기술이 완벽한 것 같아?"

"……."

"순간 이동하는 그 기술에도 단점이 있어."

"단점?"

"너의 심리 상태가 그대로 적용된다는 거지."

"심리 상태?"

"멀리 떨어지는 것도 아니고, 단지 상대의 사각지대에 숨는 것이 얼마나 효과적이라고 생각하지? 그것이 한 번이라면 모르겠지만 몇 번의 비슷한 경우가 있었다면?"

"무슨 뜻이냐?"

"너는 스스로 네가 안전하다고 생각하는 곳으로 순간 이동한다. 그렇다면 그런 네 심리만 읽으면 네가 어디로 이동할지 알 수 있다는 소리나 마찬가지야. 나와 싸우면서 네가 어디가 가장 안전하다고 생각할지를 짐작하기만 하면 되는 거지."

"으윽!"

용민의 말이 옳았다.

상인은 아무런 대꾸도 할 수 없었다.

"그리고 너의 그 순간 이동하는 마법이라는 것은 그리 멀리까지는 이동하지 못하는 것 같은데, 아닌가?"

"…잘난 척하지 마라. 너의 말이 옳다고 한들, 너는 나를 털끝 하나 건들지 못할 것이다. 네가 다른 녀석들과 달리 조금 남다른 부분이 있긴 하지만, 여기에 있던 그 늙은 이들이나 중원의 다른 이들이 그랬던 것처럼 곧 내 앞에 무릎을 꿇게 될 것이다."

상인의 말에 용민이 피식 웃었다.

장로들이 자신과 붙기 전에 지껄여 대던 이야기들이 떠오른 탓이다.

천외천인지 뭔지 말이다.

"병신들, 천외천은 니미."

"뭐?"

물론 생각해 보면 그 늙은이들로서는 그렇게 생각할 만하다는 생각이 든다.

상인의 기술은 일반적 관념을 벗어나 기상천외하고, 강력하기까지 하니 말이다.

분명 그들이 겁을 먹을 만도 했다.

그들이 하늘의 무공으로 착각해도 무리는 없었다.

사실 자신도 처음에는 당혹스러운 부분이 있었고 말이다.

"너의 기술들은 분명 훌륭해. 독특하고 특이하지. 무슨 기술이 어떻게 어떤 것이 나올지, 그것들이 어떻게 연계될지 감도 잡히지 않아. 하지만······."

"하지만?"

"그뿐이야. 모두 막을 수 있지. 내가 왜 이런 사실을 너에게 말하고 있을까?"

"······."

"네가 알아도 이 상황이 달라지지 않을 것임을 알기 때문이지. 알겠냐, 이 좆밥아?"

상인의 눈에 살기가 어렸다.

"오만한 놈."

용민은 태연하게 이죽거리는 겉모습과 달리, 머릿속은 복잡하게 돌아가고 있었다.

'이놈이 처음부터 최강의 공격으로 밀어붙였다면, 속수무책으로 당했을 거야.'

그러나 그는 자신의 능력을 과시하는 모습을 보이며 하나하나 자신을 드러내 보였다.

'아마 나를 죽이려던 것이 아니라 마교의 장로들이나 다른 고수들처럼 회유를 하려는 판단에서였겠지.'

하지만 그것은 그의 실책이었다.

용민은 오히려 그 시간들을 통해 붙어볼 만하다는 판단을 했으니 말이다.

그가 약하다는 것이 아니다.

그는 충분히 상인이라 불릴 만큼 강한 존재가 맞다.

냉정하게 판단하면 정정당당하게 붙어서 용민의 승리를 장담하기 힘들 정도로 말이다.

하지만 지금까지 지켜본바.

그는 프라이드가 강한 존재였다.

자신이 용민보다 강하다는 확신을 가지고 있는 존재였다.

그렇다면 그것을 이용해야만 한다.

용민은 그가 흥분하여 자신의 장점을 활용하지 못하도록 만들고자 했다.

그가 멀리 떨어져 마법이란 것을 미친 듯이 퍼붓는다면, 용민으로서도 답이 없었으니 말이다.

'장점인 원거리 공격을 봉쇄하기만 한다면 가능성이 있어.'

그러기 위해서는 그를 꾸준히 자극할 필요가 있었다.

"내가 지금 봐주니까 네가 아직 숨을 쉬고 있는 거야. 알겠냐?"

상인의 얼굴에 미소가 더 짙어졌다.

"용서도, 회유도 없다. 이젠 네 녀석을 죽여주마."

파치! 파칙!

상인의 양손에 뇌기가 어리기 시작했다.

파치치치칙!

'젠장. 조금만 덜 갈굴 걸 그랬나?'

생각과는 달리 태연하게 웃고 있던 용민의 얼굴 아래 목젖만이 조심스럽게 움직였다.

꿀꺽.

5장

影徒隨我身暫伴月將影行樂須及春我歌月徘徊我舞
酒酒星不在天地若不愛酒地應無酒泉天地既愛酒愛
通一斗合自然但得酒中趣勿醒者傳三月咸陽城千花晝
萬事固難審醉後失天地兀然就孤枕不知有吾身此樂
酒酣心自開辭粟臥首陽屢空飢顏回當代不樂飲虛

1

휘휘휘휘휙!

사방에서 뿜어지는 거대한 기운들.

사정없이 용민을 향해 밀어붙여 온다.

"젠장!"

피할 수도 없었다.

상인은 용민이 피하지 못하게 교묘한 각도로 공격을 가해 왔다.

만일 용민이 막지 않고 피한다면 고스란히 지상에 자리하고 있는 교도들에게 피해가 가도록 말이다.

상인은 용민의 약점을 정확히 알고 있었던 것이다.

쩌엉!

파팡! 파파팡!

그 결과 용민은 정신 없이 방어에 열중해야만 했다.

딱히 큰 피해를 입지는 않았지만, 반격은 시도도 못하는 중이었다.

이 모습은 누가 봐도 용민이 속수무책으로 당하는 모습으로밖에 보이지 않았다.

용민의 옷이 그 충돌의 파장에 휩쓸려 이곳저곳이 터지거나 찢어져 나가기 시작했다.

누가 봐도 용민이 불리해 보이는 양상이었다.

하지만 교도들 중 누구 하나 이 전투에 끼어들 수 있는 자는 없었다.

하늘에 떠서 싸우고 있는 이들이다. 다가갈 방법조차 없었다.

몇몇이 머리를 굴려 상인을 향해 화살을 쏘았지만…….

화살을 쏜 수하가 의문 어린 목소리를 던졌다.

"마, 맞았나?"

…옷깃에 바늘구멍도 나지 못했다.

하지만 상인의 신경을 건드리기엔 충분했다.

한순간 상인의 시선이 용민에게서 벗어났다.

"버러지 같은 것들이! 감히!"

푸슉!

"커헉!"

화살을 쐈던 수하는 그 대가로 한 줄기 빛을 봄과 동시에, 가슴에 거대한 구멍이 뚫린 채 피를 토하며 쓰러져 나갔다.

분노한 상인의 마법에 당하여 목숨을 잃고 만 것이다.

용민에게 던질 마법 중 하나를 화살이 날아온 방향으로 빼돌려 날린 것이다.

그것은 용민이니까 가뿐히 막고 있던 것이지, 일반 교도들에게는 감당 할 수 없는 강력한 공격이었다.

그때, 핀치에 몰려 있던 용민이 허공을 박차고 바람처럼 움직였다.

"다른 곳에 신경을 팔 정도로 내가 우습나?"

용민의 검이 날카롭게 상인의 안쪽까지 치고 들어갔다.

"이런! 윔 블라스트!"

상인이 다급하게 윔 블라스트로 반격을 하며 몸을 다시 뒤로 빼려던 그 순간.

용민의 검이 그의 뺨을 스쳤다.

핏!

'아깝군.'

용민은 지금 안타까움을 금치 못했다.

반면에 상인의 얼굴이 차갑게 굳어졌다.

오른쪽 뺨에 가늘지만 긴 혈선이 그어진 탓이다.

"조금 짜증이 나는군."

"그래? 난 아까 전부터 짜증이 났거든. 그런데 네가 짜증난다니 조금 기분이 풀어지는 것 같네?"

그러자 상인이 비릿한 미소를 지었다.

"언제까지 말장난을 할 생각이냐? 이게 나에게 보여줄 실력의 전부인가? 조금 전에 분명 나를 봐주고 있다는 말을 했던 것 같은데?"

용민이 이를 드러내며 대답했다.

"뭔가 좀 싸우는 기분이 들어야 너도 보람이 있을 거 아니냐. 그냥 내가 이겨 버리면, 지금까지 하늘 무서운 줄 모르고 잘난 척하던 네가 죽어서 얼마나 쪽팔리겠어?"

씨익.

"아직도 허세를 부리는군?"

"못 믿겠지? 그러면 이제 몸이 좀 풀렸으니, 진심으로 놀아볼까?"

"그럼 지금까지는 마치 진심이 아니었……!"

상인은 용민의 말에 웃기지 말라고 대꾸하려던 순간, 눈을 크게 떴다.

"실드!"

다급하게 외침과 동시에 상인의 앞에 거대한 막이 세 겹이나 생성되었다.

그와 동시에 용민의 주먹이 그 막을 두드렸다.

콰앙! 콰광! 콰광!

거대한 충돌음이 폭발하듯 연이어 터져 나왔고, 순간 상인의 얼굴에 여유가 사라졌다.

그의 여유가 사라질 만도 했다.

거대한 막 세 개가 순식간에 무너졌으니 말이다.

실드가 뚫린 사이로 스며들어 온 용민의 움직임은 이미 움직임이라 볼 수 있는 수준의 것이 아니었다.

분명 조금 전 싸움에서도 용민의 움직임은 바람처럼 빨랐다.

그런데 지금의 움직임은 그보다 몇 배 더 빨랐다.

마치 자신처럼 순간 이동이라도 하는 듯 말이다.

"블링크!"

상인의 몸이 사라짐과 동시에 세 겹의 실드가 보기 좋게 깨어져 나갔다.

퍼펑!

주먹으로 목표물을 상실하고 빈 허공을 친 용민.

"또 거기군."

나지막한 한마디를 흘리며 그대로 망설이지 않고 무현을 뒤로 던졌다.

용민의 사각지대에 모습을 드러내던 상인이 이를 갈았다.

무현이 기다렸다는 듯이 날아오는 모습을 목격한 탓이다.

"이런!"

상인은 실드를 치려 했지만, 실드만으로는 강맹한 기세로 날아드는 검을 막을 수 없음을 깨달았다.

조금 전과 달리 이번에는 무현의 검신에 짙은 강기가 둘러져 있었기 때문이다.

강기가 지닌 힘은 잘 알고 있다.

다급하게 풀어낸 실드 따위로 막아낼 수 없음을 말이다.

팟!

아슬아슬하게 블링크를 시전한 상인은 인상이 구겨진 채 용민의 앞에 모습을 드러냈다.

용민이 팔을 뻗어 되돌아오는 무현을 회수하며 씨익 웃어 보였다.

"재밌지?"

파팟!

용민의 신형이 다시 시야에서 사라졌다.

상인의 신형 또한 신기루처럼 사라졌다.

육안으로는 더 이상 둘의 신형을 볼 수 없었다.

그렇다고 둘이 정말 사라진 것은 아니었다.

육안으로 확인이 불가능한 속도로 움직이고 있는 것이었으니 말이다.

이 정도의 속도라면 용민의 움직임 또한 상인의 순간 이동 능력과 별반 차이가 없다고 봐도 과언이 아닐 것이다.

콰쾅! 콰과과광!

퍼펑! 펑!

사방에서 불똥이 튀고, 빛들이 발광하며 춤을 춘다.

둘의 모습은 보이지 않지만, 둘이 격돌한 흔적과 결과물들은 여과 없이 세상에 모습을 드러내고 있었다.

인간을 초월한 듯한 두 사람의 전투가 대기까지 영향을 미친 것인지, 마른하늘에 날벼락이 내리치는 현상마저 보이고 있었다.

밑에서 위를 올려다보는 이들의 표정은 흥분과 경악을 넘어 공허에 가까웠다.

저들이 과연 인간이란 말인가?

한낱 인간의 몸에서 생성된 기운이 자연까지 움직이는 것이 말이 된단 말인가?

번쩍!

쿠르르르릉!

하늘이 심상치 않다 싶더니 비가 쏟아지기 시작했다.

쏴아아아아아!

그와 동시에 하늘에서 울려 퍼지던 진동이 멈췄다.

"후우."

"허억, 허억."

용민은 마교에서 가장 높은 광마전 처마 끝에 서서 하늘에 떠 있는 상인을 올려다보았다.

상인 또한 딱딱하게 굳은 표정으로 용민을 내려다보는 중이었다.

상인은 이제야 확실하게 알았다.

용민이 힘을 숨겨두고 있었다는 사실을.

그렇게 핀치에 몰린 상황 속에서도 힘을 아껴두고 있었다는 사실을 말이다.

한순간의 방심을 유도한 계산이었던 것이다.

상인에게 용민은 놀랍도록 끔찍한 존재였다.

조금 전에 용민이 봐주고 있었다는 말을 했을 때는 듣고 비웃었지만, 지금은 그럴 수가 없었다.

전혀 빈말은 아니었음을 깨닫게 되었으니.

상인이 말했다.

"대단하군."

"너도."

"실력을 숨겨두고 있었던 것인가?"

"뭐, 대충."

"아직 보여줄 것이 더 있나?"

"……."

용민은 어깨를 으쓱이는 것으로 대답했다.

상인은 용민이 자신과 마찬가지로 모든 것을 보이지 않

앉음을 짐작할 수 있었다.

"놀라워. 어쩌면 너와 함께라면……."

뭔가 알 수 없는 말을 혼잣말로 흘리는 상인이었다.

"나와 함께, 뭐."

"흐음……. 아니야, 그렇게 위험한 도박은 할 수 없……."

용민이 되물었지만, 상인은 용민이 물어온 것도 모르는 분위기였다.

상인은 용민을 앞에 두고 뭔가 고민하는 표정을 지으며 눈을 감기까지 했다.

정말 심각한 모습이었다.

"뭐하자는 거야? 응?"

짜증어린 목소리를 던지던 용민은 의아함을 감추지 않았다.

지금까지 그 어떤 허점도 발견하기 힘들던 상인이 지금은 허점투성이가 되어 있었던 탓이다.

혹자는 자연체 따위를 떠올릴 수 있겠지만, 그런 것이 아님을 용민이 모를 수 없었다.

자연체와 방심도 구분 못할 정도로 허접한 이가 아니었으니까.

저자는 진심으로 허점을 드러내고 있었다.

방심하고 있다는 말이다.

지금이라면 용민은 상인을 쉽게 처리할 수 있을 것 같 았다.

아니, 확실했다.

그러나 용민은 가만히 놔두는 쪽을 택했다.

특별히 다른 계략이 있는 것이 아니었다.

그냥 그게 더 재미있을 것 같았기 때문이다.

뚝, 뚝.

하늘을 보니 방금 전까지만 해도 미친 듯이 쏟아지던 빗줄기가 약해진 것을 느낄 수 있었다.

충격 받은 대기로 인해 내리던 비가 그치기 시작한 것 이다.

이윽고 비가 완전히 그쳤을 때, 상인이 감았던 눈을 떴다.

지그시 용민을 바라보는 상인의 눈빛이 흔들리고 있었다.

그것을 본 용민이 말했다.

"뭐야, 나한테 반한 건 아니지? 난 남자엔 관심 없다 만."

용민의 장난에도 상인의 눈빛은 깊어져만 갔다.

'뭐지? 정말 그런 건 아니겠지?'

쓸데없는 걱정이 피어나는 용민이었다.

2

걱정하는 것은 상인 또한 마찬가지였다.

물론 용민이 걱정하는 쓸데없는 이유와는 전혀 상관없는 걱정이었다.

'믿어도 되는 것인가?'

상인의 마음은 흔들리고 있었다.

용민의 강력한 능력만큼은 인정하지 않을 수 없었던 탓이다.

인간으로서는 자신을 이토록 힘겹게 만든 유일한 존재였으니 말이다.

상인은 지금까지 자신처럼 인간을 초월한 초인이 또 있을 거라고 생각지 못했었다.

"뭐야, 할 말 있으면 빨리 해."

용민이 투덜거리고 재촉하고 있었지만, 상인은 더 깊이 고민했다.

사실 용민이 초인이라 한들 자신이 승리하는 것이 아예 불가능하지는 않다.

용민의 약점을 파악한 탓이다.

정확히 약점이라고 하긴 뭐했다.

자신과 용민의 특성상 우위를 가져올 수 있는 수에 불과했으니까.

한마디로 계속 붙는다 한들 쉽게 이기긴 힘들다는 뜻이다.

물론 쉽게 이길 수 있는 존재였다면 이런 고민을 할 이유가 없었다.

"언제까지 기다려야 하지?"

용민의 독촉에 생각을 정리한 상인이 드디어 말문을 열었다.

"자네를 믿어도 되겠는가?"

상인의 뜬금없는 말에 용민이 어처구니없다는 식의 숨을 토하며 대꾸했다.

"뭔 개소리야?"

"자네에게 하고 싶은 말이 있네."

용민은 잠시 주먹을 쥐었다 펴며 자신의 몸의 컨디션을 체크했다.

그러곤 상인을 주시하더니, 고개를 살짝 옆으로 꺾으며 대답했다.

"해봐."

"그렇다면 잠시 실례를 하마."

우웅!

순간 상인을 중심으로 거대란 기의 장막이 펼쳐지더니 용민을 덮었다.

용민은 장막이 의도하는 바를 이해했기에 가만히 있었다.

"거창하게도 하네."

"다른 사람이 들어서는 안 되는 이야기라 어쩔 수 없다."

"뭐, 내 힘 들어가는 거 아니니까. 상관없지. 할 말이 뭐지?"

"나와 같은 존재를 만날 것이라고는 상상조차 하지 못했다."

"너 같은 존재? 그게 뭔데?"

"인간을 초월한 존재."

용민은 기가 찼다.

이루 말할 수 없이 강력한 우월감을 드러내는 한마디가 아닌가.

스스로를 특별한 존재라고 하다니 말이다.

그가 강한 것은 인정한다.

그러나 그래도 스스로를 지칭해서 초월한 존재라고 하다니 몹시 오글거렸다.

"세상은 넓어."

용민은 다른 강한 존재들도 많이 있다고 돌려 말했다.

"이 세상 말인가? 넓다라. 후후. 혹시, 넓다는 의미가 상당히 상대적이라는 사실을 알고 있는가?"

"응?"

"자네의 지식선에서 넓다는 의미는, 상대적으로 그리 넓지 않다는 결과를 가져올 수도 있음을 알고 있는가?"

"무슨 말이 하고 싶은 거지?"

용민의 표정이 잠시 신중해졌다.

자신이 환생을 한 후 차원을 넘어 이 세상에 온 것이

떠오른 탓이다.

슬쩍 상인의 눈치를 살폈다.

'뭐지? 에이, 그건 아니겠지.'

머릿속에 떠오른 생각을 지운 용민이었다.

"이 세계에 한정이라. 크크. 그거 재밌군."

용민이 깐족거리며 비꼬듯 꺼낸 말이었다.

그러나 반응이 묘했다.

"음? 뭔가 짐작이 가는 것이 있는가?"

용민의 말에 상인의 표정이 오묘하게 변화했다.

일반적인 상식을 붕괴시키는 자신의 말을 곧바로 이해한 것 같은 느낌이 들었기 때문이다.

마침 이어지는 말도 상인의 추측에 힘을 실어주었다.

"짐작이랄 것이 있겠냐?"

"무엇이 말이지?"

"너 무슨 다른 세상에서……."

"……."

순간, 상인의 얼굴이 싸늘하게 식었다.

예상 밖의 대답을 들었기 때문이었다.

용민 역시 예상 밖의 반응에 말꼬리를 흐리면서 말을 계속 이어나갔다.

"온 인간……."

"어떻게 알았지?"

'…인 것처럼 자꾸 이야기를 진행하는데, 대체 언제까지 장난칠 셈이지? 말도 안 되는 이야기 그만하고 빨리 본론이나 말해'라고 말하려던 용민은 당혹감을 감추지 못했다.

"……응?"

'다른 세상에서 왔다고?'라고 되물어보려고 했지만, 상인이 치고 들어오는 속도가 너무 빨랐다.

"다른 차원의 존재를 인지하고 있었는가?"

"…어, 뭐, 대충?"

용민은 얼떨결에 의도치 않은 대답을 하고 말았다.

"어떻게! 언제부터!"

상인이 흥분하여 목소리를 높였다.

용민은 상황이 이상하게 흘러가고 있음을 느꼈다.

지금에 와서 장난이었다고 말할 수 있는 분위기가 아니었다.

상인의 모습에서 너무나도 절실한 뭔가가 느껴졌던 탓이다.

용민은 머리를 긁적이며 자신이 들고 있는 무현을 무의식 중에 내려다보았다.

"조금 오래됐지."

상인의 굳어진 표정은 펴질 줄을 몰랐다.

그러곤 짧은 고민 끝에 어려운 선택을 한 듯 신중하게 입을 열었다.

"내 이름은 아르테미온."

"아르테미온?"

"그대의 짐작대로 나는 이곳과 시간과 공간이 다른 곳에서 왔다."

"응? 다른 곳?"

"너무 어렵게 설명했나? 그대의 짐작대로 나는 이계에서 온 사람이다."

"……."

용민은 할 말을 잃고 말았다.

무슨 말을 어떻게 이어 나가야 할지 감이 잡히질 않았다.

조금 전에 억지로 모른 척하던 자신이 환생한 사실이나, 차원을 넘어서 이곳에 온 사실이 다시 선명하게 떠오른 탓이었다.

'이 녀석 대체 뭐야? 다른 차원? 그런 것이 또 있다고? 이거 천국하고 지옥도 있는 거 아냐?'

이해는 가지만 납득이 가지 않았다.

머릿속이 복잡한 실타래처럼 엉킨 탓이다.

상상력이 증폭되어 가는 탓이다.

"왜? 못 믿겠나?"

"그런 건 아니야. 다만 당혹스러운 건 사실이지."

"당혹스러운가?"

"아무리 예측하고 짐작하던 것이라 해도 막상 앞에 현실로 들이닥치면 당혹스러울 수밖에 없지."

용민의 대답은 그를 납득시키기에 충분했다.

"분명 그럴 수도 있겠군."

상인, 아르테미온이 고개를 주억이고 있을 때 용민이 질문했다.

"네가 살던 그 세상은 어때?"

"평화로운 곳이다. 이곳도 아름답지만, 그곳은 더 아름다운 세상이지. 지성을 지닌 수많은 종족들이 어우러 살아가는 세상."

"수많은 지성체들이라고?"

"이 세상에서 지성을 지닌 존재는 인간뿐이지만, 내가 있던 그 세상은 다양한 형태와 습성과 언어를 지닌 수많은 지성체들이 존재한다. 인간보다 더 위대한 존재들도 존재하지."

"인간보다 더 위대한 존재? 신 같은 건가?"

"한때는 신이라고도 불리던 존재들 또한 존재한다."

용민은 흥미로운 표정을 얼굴에서 지울 수 없었다.

"강한가?"

"우리가 한때는 신이라고 부를 수밖에 없었을 정도로 강하다."

"재밌군."

"내 말이 거짓말이라고 생각되는가?"

"아니."

용민의 대답에 아르테미온의 눈빛이 이채를 띤다.

"그럼 믿는단 말인가?"

"실컷 이야기해 놓고 믿느냐, 믿지 못하느냐 질문하는 이유가 뭐냐? 넌 지금 진실을 말하고 있는 거 아니었어?"

용민은 지금까지 달고 있던 이죽거림이나 장난기를 모두 뺀 상태였다.

지금 진지한 상태로 상황을 받아들이기로 마음먹은 탓이다.

그렇다 해도 이야기가 너무 붕 떠서 받아들이기 쉽지 않은 상태였지만 말이다.

"내가 하는 모든 말은 진실이다."

"그럼 됐어. 믿지 않을 이유가 없잖아. 네가 쓸데없는 말을 지껄이길 좋아할 녀석으로는 보이지 않으니까."

용민의 반응에 아르테미온은 감동한 눈빛을 던졌다.

아르테미온에게서 자신에 대한 적개심이 사그라지는 것을 용민은 느낄 수 있었다.

사실 용민이라고 그 말을 다 믿는 것은 아니다.

다만 믿지 못할 것도 아니라는 생각이었다.

용민 자신이 바로 환생하여 경험한 그 2000년대의 지구라는 세상 또한 이곳의 사람들에게는 요지경 아닌가.

버스는 어떻게 설명할 것이며, 비행기는 어떻게 설명할 수 있겠는가.

전파라든가, 컴퓨터라든가, 핵무기라는 것은 더더욱 말이다.

아르테미온이 고개를 끄덕이며 말문을 열었다.

"다른 세상에 왔다고 말을 했을 때, 그대가 그것을 온전히 알고서 말한 것이라고는 생각지 않는다."

뜨끔.

용민은 속이 엄청나게 찔렸지만, 겉으로는 속을 알 수 없는 표정을 짓고 있었다.

아르테미온은 슬쩍 입꼬리를 올리며 말을 이어나갔다.

"하지만 아무리 온전하게 파악하지 못한 채 아는 척했다고 한들 다른 차원의 세상에 대해 어떤 짐작조차 한 적 없었다면, 말장난으로나마 다른 세상에서 왔냐는 질문을 던지는 것은 어불성설, 있을 수 없는 일이다."

"흠……."

용민의 시선이 다시 무의식적으로 무현을 향했다.

"그대는 어떤 이유에선지 다른 차원에 대한 실마리를 찾은 것이 분명하다. 이유야 모르겠지만, 어쨌거나 그대는 내가 아는바 가장 깨어 있는 존재임은 확실하다."

"……."

"그대라면 나에게 진실을 들을 자격이 있다."

"진실? 무슨 진실?"

"그대는 지금까지 상상조차 못했던 진실이다. 받아들일 각오가 되어 있는가?"

용민은 다른 것은 몰라도 하나는 알 수 있었다.

이것이 정말 위험한 이야기라는 사실을 말이다.

지금 본능이 저 이야기를 듣지 말라고, 호기심을 갖지 말라고, 이야기하고 있었기 때문이다.

그래서 결정을 내렸다.

'…들어보자.'

본능조차 듣지 말라고 말라는 위험한 이야기.

흥미롭지 않은가.

용민의 고개가 무겁게 끄덕여졌다.

"무슨 이야기지?"

"이 세상의 존속과 관련된 이야기다."

(calligraphy)

6장

影徒隨我身暫伴月將影行樂須及春我歌月徘徊我舞

酒酒星不在天地若不愛酒地應無酒泉天地既愛酒愛

道一斗合自然但得酒中趣勿醒者傳三月咸陽城千花晝

萬事固難審醉後失天地兀然就孤枕不知有吾身此樂

酒酣心自開辭粟臥首陽屢空飢顏回當代不樂飲虛名

1

"이 세상의 존속?"

용민은 고개를 갸웃거렸다.

단어나 문장의 뜻은 알겠는데 쉽게 와 닿지 않았던 탓이다.

아르테미온이 조금 더 직접적으로 말했다.

"이 세상은 곧 멸망하게 된다."

"이 세상이? 왜?"

용민은 주변에서 자신과 아르테미온을 올려다보고 있는 사람들을 바라보며 질문했다.

아르테미온도 두려움 혹은 살기를 품고 자신을 올려다

보는 사람들을 담담히 내려다보며 대답했다.

"이곳에 곧 파괴신이 강림한다."

"파괴신? 크크크큭."

"내가 거짓말을 한다고 생각하나?"

용민은 아르테미온을 노려본 후, 한숨을 내쉬며 하늘을 올려다보았다.

"씨발. 미치겠네."

"……."

도저히 거짓말을 하는 것처럼 보이지 않아서 내뱉은 말이었다.

용민은 이 현실감 없는 이야기에 막막함을 느끼고야 말았다.

아르테미온이 미쳤을 확률을 잠시 계산해 보았다.

그러나 극히 희박한 확률만이 점쳐질 뿐이었다.

이 정도로 수련하고 수양한 존재가 미치기란 쉽지 않다.

뭔가 집착적인 성향은 생길지언정, 어떤 경지에 올라서게 되면 정신이 워낙 맑아지는 터라 미치고 싶어도 미칠 수 없게 된다.

깨달음이 과해 과다 정보를 갈무리하는 와중에 간혹 폭주하는 경우가 생기지만, 폭주란 것은 쉽게 풀이하자면 이성을 잃고 발광하는 것이지, 미쳐서 다시 회복되지 못한다는 뜻이 아닌 것이다.

발광 후 제정신으로 돌아올 텐데 그걸 미쳤다고 하기는 뭐하다는 것이다.

물론 경지가 보통 경지가 아니다 보니 주변에 너무 큰 피해를 입혀 미친 것 이상으로 취급받기 일쑤지만 말이다.

어쨌거나 아르테미온이 저런 능력을 지닌 채 사기를 칠 이유가 없다는 뜻이다.

이토록 강력한 능력과 힘을 지닌 그가 뭐가 아쉬워서 사기를 치고 다니겠는가.

"그래, 파괴신이라는 놈이 있다고 치자. 그가 왜 여기를 멸망시킨다는 거지?"

"있다고 치는 것이 아니다. 그는 있다."

"어떻게, 아니, 어째서 그것을 확신하지? 그를 봤나?"

아르테미온은 침통한 표정을 감추지 못한 채 대답했다.

"나는 이미 다섯 개의 차원에서 그를 막기 위해 노력했다. 하지만, 그를 막을 수 없었다."

놀라 외쳤다.

"다섯 개의 차원이라고!?"

"그렇다."

"…씨발."

용민이 할 수 있는 것이라곤 욕밖에 없었다.

'다섯 개의 차원이라고? 허허.'

생각을 하면 할수록 헛웃음 밖에 나오질 않는다.

그때 문득 이런 생각이 들었다.

"너희 차원의 붕괴와 관련이 있는 것도 아닌데, 어떻게 그의 움직임을 알고 나섰던 거지? 그것도 다른 차원까지 넘나들면서?"

아르테미온이 망설임 없이 대답했다.

"신탁이 있었다."

"신탁?"

"이곳에 사는 인간들에게는 생소한 이야기일 것이다. 신이 그를 섬기는 존재들에게 앞날을 암시하게 해주는 것을 신탁이라 한다."

"네가 살고 있는 세상은 신이 세상에 관여를 하는가?"

"직접적 관여는 하지 않는다. 하지만 간접적으로 존재를 비추기는 한다."

"조금 전 말했던 신과 비슷한 존재 그런 게 아니고?"

"그들도 신이 만들어낸 피조물들. 아까의 이야기는 우리가 무지했을 때 그들을 신으로 받아들였던 적이 있다는 것이다."

"그거 정말 재밌군. 신이 있다라. 물론 있을 수도 있다고는 생각했지만, 이거 참, 뭐라고 생각하고 어떻게 받아들여야 할지⋯⋯."

"굳이 받아들일 필요는 없다. 다만 현실을 주시하길 바랄 뿐."

"그래, 현실. 네가 말하는 현실이라는 것은 파괴신이 이 세상을 파괴한다는 거, 그걸 말하는 것이지?"

"그렇다."

"신탁은 누가 받지?"

"신을 섬기는 자들 중 가장 사랑을 받는 지도자가 받는다. 그런 존재를 우리는 성녀라 부르지."

"그래. 너희가 믿는 신에 대한 설명은 별로 중요치 않으니 그건 넘어가고, 너희가 들었다는 신탁이 뭐였는지 말해줄 수 있나?"

용민의 질문에 아르테미온이 고개를 끄덕이며 신탁의 내용을 읊어주었다.

하늘의 별이 하나로 줄을 지었을 때, 첫 번째 연주가 시작된다.

그것은 거대한 울림이 되며, 수많은 생명의 끝을 알리는 시발점이 된다.

생명의 끝은 생명이 없는 생명들의 시작이 되며, 잊혀진 자들이 세상에 모습을 드러내리라.

두 번째 연주가 곧 이어 울리고…….

…마지막으로 일곱 번째 연주가 시작되었을 때, 네뷸러시티 [혼돈]의 두 아들 중 한 아이가 세상에 내려온다.

아이의 몸은 심장박동에 따라 뿜어지는 불꽃으로 화하여 거대한 도시를 물들이고, 세상은 순식간에 불꽃으로 타오른다.

모순으로 가득한 세상은 하나가 되어 순수로 정화될 것이다.

용민은 찬찬히 곱씹어보다 결론을 내렸다.

"뭔 개소리야?"

"이해하라고 들려준 것은 아니다."

"어쨌거나 저 말이 그 신탁이란 말이지?"

"그러하다."

"너희들은 저 소리를 믿었고."

"처음에는 적지 않은 사람들이 그 신탁을 받아들이지 않았다. 하지만 신탁은 곧 현실이 되었다. 하늘의 별들이 일직선으로 이어지더니 아침이 저녁이 되었고, 그를 기점으로 죽었던 자들이 땅에서 일어났다."

"죽었던 자들이 땅에서 일어났다고?"

"그렇다."

"어떻게 그럴 수 있지?"

"그게 중요한 것이 아니다. 신탁이 진실이었다는 것이 중요한 것이지."

"……."

"우리들은 신탁을 연구하기 시작했고, 한 번의 울림이 우리 차원과 인근에 있는 차원의 붕괴를 뜻함을 알게 되었다."

용민은 조금씩 이해가 가기 시작했다.

용민이 혼잣말을 중얼거렸다.

"총 일곱 번이 울린다고 하였으니까……."

"최소한 내가 있는 세상이 일곱 번째 최후의 울림이 된다는 뜻이었지. 그 말인즉, 내가 있던 세상이 종말을 고한다는 뜻이고."

"붕괴되는 차원의 위치는 어떻게 알 수 있었지?"

"신탁을 연구하는 학자들이 추산했다. 그들의 계산은 모두 맞았지."

"그렇군. 그 계산으로 여기 이 중원이 속한 차원도 알게 된 것인가?"

"그렇다."

"흠……."

잠시 대화를 멈춘 용민은 뭔가 고민하는 모습을 보였다.

그때, 아르테미온이 지긋이 말을 건넸다.

"내가 차원을 어떻게 넘어왔는지는 궁금하지 않나?"

"뭐, 잘 넘어왔겠지. 넘어왔으니 여기 있는 것 아니겠나?"

"그렇긴 하지."

"갑자기 그건 왜?"

"다른 것들은 많이 물어보면서 그 부분은 묻질 않아서 말이네."

용민은 담담히 대답해 줬다.

"네가 지금까지 나에게 보여줬던 마법이니 뭐니, 그런 걸 사용했겠지. 아니면 말고. 어쨌거나 그런 부분들은 별로 궁금하지 않아."

"그런가? 괜한 말을 해서 미안하게 되었군."

"미안할 것까지야. 아, 그건 그렇고, 하나 정말 궁금한 것이 있긴 하네."

"그것이 무엇인가?"

"이유는 모르겠지만 자네는 거짓말을 못하나? 혹시 하면 안 되는 제약 같은 것에 걸려 있나?"

"무슨 말이지? 내가 거짓말을 할 이유가 없지 않은가."

"이유가 없는 것과 못하는 것은 조금 다르지. 그리고 난 거짓말을 했냐고 물어본 것이 아니라 제약 같은 것에 걸려 있냐고 물었는데."

"그런가?"

"그래."

"그게 뭐 어쨌단 말인가?"

아르테미온의 말에 용민이 잠시 한 호흡을 쉬고 말문을 이어 나갔다.

"나는 너의 말을 모두 믿는다."

"고맙군."

"그래서 하는 말인데, 너는 나에게 말을 하면서 큰 실수를 저질렀어."

용민은 그렇게 말하면서 아르테미온의 안색을 살폈다.

하지만 아르테미온의 얼굴 표정은 작은 변화도 보이지 않았다.

아르테미온은 오히려 더 무덤덤한 어투로 질문했다.

"무슨 말이지? 내가 어떤 실수를 저질렀단 말인가?"

용민이 말했다.

"단도직입적으로 물어보지."

"얼마든지."

"너는 나에게 다섯 번 파괴신을 접했다고 했다."

"그렇다. 그 차원들의 파멸을 직접 보았지."

"이 땅이 자네의 신이 알려준 신탁에 포함되어 있었나?"

"그렇다."

"이 땅이 몇 번째 땅이지?"

"……."

지금까지 대답을 바로바로 해오던 아르테미온의 입이 두터운 철문과 같이 굳게 닫혔다.

용민의 말투에 다시 이죽거림이 담겨 나왔다.

"왜? 말하지 못하겠는가?"

"……."

대답하지 못하는 아르테미온.

그것을 본 용민의 얼굴에 분노가 어리기 시작했다.

"그대들이 믿는 신들은 정말 편협하기 그지없군. 으득!"

"무슨 말인가?"

의문을 던지는 아르테미온의 목소리가 담담하다 못해 딱딱하기까지 했다.

"몰라서 묻는 건가?"

"그대가 말하지 않은 것을 내가 어찌 안다고 생각하는가?"

"살고 싶으면, 여기! 이 차원을! 그 괴물에게! 제물로 바치라고! 그 신 나부랭이가! 그렇게 이야기를 했냐 이 말이다!"

2

아르테미온이 두 눈을 감으며 한숨을 흘렸다.

"하아……."

"그가 그렇게 시켰던가!"

용민의 목소리에 담긴 살기는 너무나 거대하였다.

그 살기는 아르테미온이 소리가 빠져나가지 못하게 마

법으로 쳤던 막을 깨트릴 정도였다.

퍼펑!

바깥과 차단되며 들리지 않았던 바람 소리와 주변 소음들이 다시 들려오기 시작했다.

교도들의 수군거리는 소리도 말이다.

아래서 위를 올려다보고 있던 교도 하나가 마른침을 삼키며 혼잣말을 흘렸다.

"무, 무슨 일이지?"

그러자 몇몇이 동조의 분위기를 보였다.

"계속 뭔가 좋은 분위기 아니었나?"

"갑자기 무슨 일이 있었던 거야?"

웅성웅성.

아르테미온은 두 눈을 뜨고 용민을 주시했다.

지금까지 보여주던 온화한 모습은 이미 사라진 상태였다.

그 눈빛엔 전투 의지가 어려 있었다.

"내가 말을 너무 많이 했군."

"의도한 말은 아니었겠지."

"그대를 내 편으로 끌어들이고자 하는 욕심에, 설득한 답시고 조금 더 많은 정보를 전달한 것이 내 실책이었어.

말을 아꼈어야 했는데. …그때 알았나?"

애매한 말이었지만 용민은 찰떡같이 알아들었다.

그가 실수했다라고 생각할 만한 부분은 명확했으니까.

"그때라면, 다섯 번 파괴신을 대면했다는 그 이야기를 했을 때 말인가?"

"그렇네. 그 말을 하고 아차, 싶었지. 굳이 몇 번 대면했는지까지는 말할 필요가 없었는데."

"그 순간에 바로 깨달은 건 아냐. 하지만 이야기를 하는 와중에 뭔가 불편함을 느꼈고, 되새기다 보니 강한 이질감을 느끼게 되었지."

"이질감?"

용민이 씹어 내뱉는 어투로 말했다.

"첫 번째 징조를 시작으로 움직였다고 했지. 그러곤 다섯 번 파괴신을 대면했고. 그렇다면 너는 여기에 있어선 안 돼. 어떻게든 막기 위해 네 세상에 가서 노력하고 있어야지. 그런데 그대는 여기에 있다. 왜? 어째서? 고민했지. 그러자 답이 나오더군."

용민은 동조하고 싶어 상인과 대화하고 있던 것이 아니었다.

자신의 생각을 확인해야만 했기 때문에, 그래야만 대책을 찾아볼 수 있다고 판단했기 때문에, 어쩔 수 없이 말을 이어 나갔을 뿐인 것이다.

"후후후후후."

"웃음이 나오는가?"

아르테미온은 허탈한 어투를 흘렸다.

"다 된 밥에 재를 뿌렸어."

용민이 주먹을 꾸욱 움켜쥐며 질문했다.

"사실 굳이 나에게 말을 건네지만 않았으면, 네 계획은 드러나지 않았을 것이다. 왜 나에게 말을 걸었지?"

아르테미온이 어깨를 으쓱였다.

"그게 궁금한가?"

"그래."

"순서는 그게 아닐 텐데?"

"무슨 말이지?"

아르테미온은 빙긋 웃으며 대답을 피하듯 말문을 열었다.

"지금까지 대화하면서 쌓인 것도 정이라면 정일까. 후후. 좋다, 그대가 그렇게 궁금하다면 이야기해 주지. 사실 여기가 제물로 선택 받았건 어쨌건, 사실이 드러나도 나로서는 별로 타격을 입지 않아."

"그렇다면 왜 나에게 비밀인 것처럼 말을 한 것이지?"

"그대를 끌어들일 필요성이 있었기 때문이지."

"필요?"

"조금 더 확실한 미끼가 필요했어."

"미끼라고?"

"그래, 미끼. 그대는 내가 본 것들 가운데 가장 맛깔스러운 미끼야. 파괴신을 유혹하기에 충분한 미끼 말이야."

용민의 이맛살이 찌푸려졌다.

"내가 그딴 것이 될 거라고 생각했나!"

"생각? 후후후. 생각이 무슨 소용 있나? 그대는 자연히 미끼가 될 터인데."

"내가? 어째서?"

"이미 알게 되었으니까."

아르테미온의 말이 무슨 뜻인지 모를 수 없었다.

분명 자신은 파괴신이 이 세상에 강림할 방법을 막기 위해 움직이게 될 것이다.

즉, 그것이 미끼로서의 어떤 행동을 하게 된다는 말이리라.

용민이 대꾸했다.

"알게 되었으니 어떻게든 네 계획을 막을 거라는 생각은 들지 않나?"

"과연 그럴 수 있을까?"

아르테미온은 확신에 차 있는 상태로 말을 하고 있었다.

용민은 그것이 너무나 역겹고 불쾌했다.

"나는 결코 네놈의 생각대로 움직이지 않을 것이다!"

"너무 확신하지 않는 게 좋지 않을까?"

"으득!"

그의 말은 사실이었다.

자신의 어떤 행동이 어떤 상황을 만들어낼지 모르는 상황에선 말이다.

무엇보다 아무런 움직임을 보이지 않는다는 것은 그것 나름대로 포기나 마찬가지다.

그때, 문득 용민의 머릿속에 뭔가 하나가 스쳐 지나갔다.

"그러고 보니 네 녀석이 준비하던 것이 있었지."

"오호. 그게 뭐지?"

용민이 씹어 내뱉듯 말했다.

"전쟁."

"푸흐흐흐흐흐흐흐흐흐흐흐!"

아르테미온은 미친 듯이 웃음을 토했다.

용민은 아르테미온이 웃든 말든, 자신이 할 말을 모두 던져보았다.

"본 교를 제외한 모든 중원은 이미 너의 수중에 모두 들어갔다고 해도 과언이 아니지만, 네 녀석의 행보는 무림일통에 목적을 두고 있는 것은 분명 아니다. 오히려 그 반대지."

"어째서 그렇게 생각하지?"

"이곳저곳을 쑤셔서 분란을 만들고 있으니까. 마치 전쟁을 의도적으로 유발하려는 듯이……."

아르테미온은 잠시 고개를 갸웃거리며 말했다.

"어차피 이 세상은 사라져. 절망을 느끼면서 죽느니, 그나마 싸우다 죽으면 세상이 사라지는 절망은 느끼지 않을 테니 그것도 나름 행운이지 않겠나?"

용민은 아르테미온을 주시했다.

그러고는 고개를 좌우로 가로저었다.

"아니지. 네 녀석의 속셈을 이제 알겠다."

"나의 속셈?"

"지금 유발되고 있는 전쟁이 파괴신을 자극하는 어떤 열쇠 같은 것인가 보군."

아르테미온은 굳이 부정하지 않았다.

"그걸 알았으니 대단하다고 박수라도 쳐 줘야 할까?"

용민은 속에서 천불이 일어나는 것을 느꼈다.

그렇다고 자신이 할 수 있는 것이 없음을 깨달았기 때문이다.

장로들이 준비하고 있던 것은 권토중래였다.

이미 중원의 정과 사는 아르테미온의 수에 넘어가 서로를 향한 싸움의 준비를 마친 상태였고 말이다.

이렇게 시작된 싸움은 그 누구도 막을 수 없다.

서로 명분을 충분히 얻은 상태기 때문이다.

그들 틈에서 아무리 마인들이 전쟁은 안 된다고 외쳐보았자, 그들이 마인들의 말을 듣겠는가?

하다못해 본 교의 교도인 마인들이 평화적인 존재들이길 한가?

둘째 가라면 서러울 호전적인 존재들이 아닌가.

그들은 싸워서 죽음으로 혈마신의 곁으로 가고자 하는 이들이다.

결국 전쟁이 벌어지면 되레 더 날뛰며 싸우면 싸웠지, 말릴 인간들이 아니란 말이다.

마교라는 큰 덩치가 중원을 향해 움직이게 되면, 그것은 더 이상 무인들만의 싸움이 아니게 된다.

그렇게 되면 황실이 움직이게 될 것이고, 황실의 움직임에 불안함을 느낀 새외 세력들이 힘을 모아 또 다른 전쟁을 준비할 확률도 높아지게 된다.

과한 생각이 아니다.

황실 역시 한 번 준동하려면 엄청난 자금이 들어가는 황군을 운용한다는 것은 이왕 움직이는 김에 주변까지 훑을 각오를 한다는 뜻일 터이니 말이다.

전쟁이라는 것은 한 번 일어나기가 힘들 뿐이지, 일어나게 되면 걷잡을 수 없이 들불처럼 커지는 것은 일도 아니다.

"그대가 막을 수 있는 방법은 없다. 이미 세상은 순리대로 흘러가고 있기 때문이다."

"순리? 전쟁이 언제부터 순리가 되었단 말인가!"

"마교가 언제부터 평화주의적인 성향을 지니게 되었는지 모르겠군. 마인들이 혈마신의 곁으로 갈 수 있는 자리가 생겼는데 피한다니, 지나가던 개가 웃을 일이야."

"우리가 피에 굶주린 살인귀로 보이는가? 무턱 대고 싸우는 게 마교의 교리가 아니다!"

"그렇다고 싸움을 피하라고 교리에 적혀 있지 않은 것 또한 사실 아닌가."

"굳이 이렇게까지 해야만 했는가!"

그때, 아르테미온이 흐름을 끊었다.

"이제 할 말은 끝났다. 어차피 그대가 내 편이 되어도, 되지 않아도 결과는 크게 달라지지 않아. 다만 그대가 내 편이 되어줬다면 할 수 있는 일이 더 많은 것 또한 사실. 아직 기회는 있다. 내 편이 되겠는가? 그리한다면 최소한 그대만은 겁화의 불길 속에서 벗어날 수 있을 것이다."

"절대 네 녀석의 밑에 들어가서 미끼가 되는 그럴 일은 없을 것이다."

"안타깝군. 그렇다면 알아서 하라. 전쟁을 피하든, 전쟁의 중심이 되든, 그것은 그대의 선택이고 결정이 될 터. 나는 그대의 선택을 즐겁게 지켜보도록 하지."

용민은 무현에 강기를 싣고 그대로 날렸다.

순간, 아르테미온의 몸이 아지랑이처럼 사라져 갔다.

팟!

무현은 아슬아슬하게 사라져 간 아르테미온의 몸을 스쳐 지나칠 수밖에 없었다.

빈 허공에서 맴돌던 무현이 용민에게 다시 날아들었다.

용민은 무현을 받아 들며 입술을 잘근 씹었다.

"절대 용서하지 않겠다."

분노가 전신을 휘감았지만, 용민은 분노를 누르지 않을 수 없었다.

분노할 시간도 낭비라는 생각이 일었기 때문이다.

"지금부터 회의를 시작한다. 소마들에게 집결을 명하라."

용민은 어느새 자신의 곁에 다가온 소교주 한정빈에게 그 말을 남기고는 지존천실로 발걸음을 옮겼다.

3

모든 것은 아르테미온의 말대로 흘러갔다.

처음 용민은 최대한 전쟁을 막아보려고 했다.

그러나 누구도 용민의 말에 귀를 기울이지 않았다.

용민의 말을 사실로 받아들이는 이가 아무도 없었던 것이다.

자신들의 전쟁으로 세상이 멸망하게 된다니, 그런 허무 맹랑한 말을 누가 믿겠는가.

사실 전쟁이 벌어지는 가장 큰 이유는 바로 욕심이었다.

승리가 가져다줄 달콤한 과실.

그들은 자신들의 승리를 믿어 의심치 않았다.

이들에게 전쟁은 기회의 장에 불과한 것이다.

평화가 길던 탓이다.

너무 길었다.

긴 평화는 힘을 기르게 해줬으나, 포화상태의 힘을 지닌 존재들은 욕심을 가지지 않을 수 없었다.

전쟁의 불씨는 너무나도 쉽게 번져갔고, 용민이 할 수 있는 일은 선택하는 것뿐이었다.

전쟁에 휩싸여 스러지느냐, 전쟁의 중심에 뛰어드느냐.

용민의 주먹이 꾸욱 움켜쥐어 졌다.

동시에 용민의 목소리가 세상 가득히 울려 퍼졌다.

"본 교의 위대한 힘을 세상에 보여라. 저들에게 진정한 두려움이 무엇인지 알게 하리라!"

"우와아아아아!"

"지상에 마신이 있고, 천상에 마신이 있으며, 지하에 마신이 있다!"

"지상에 마신이 있고, 천상에 마신이 있으며, 지하에

마신이 있다!"

"하늘도, 땅도, 세상도 두려워하니 두려워하는 모든 곳에 본 교가 영세하리라!"

"하늘도, 땅도, 세상도 두려워하니 두려워하는 모든 곳에 본 교가 영세하리라!"

사실 선택이랄 것도 없었다.

이미 애초부터 이렇게 될 것이라 결정되어 있었으니 말이다.

용민은 자멸감을 느끼지 않을 수 없었다.

*   *   *

"이야아아아!"

"더러운 마교 놈들! 죽어라!"

파칭! 채챙!

기습적으로 파고든 정과 사의 연합 세력이 마교와 충돌하였다.

사방에서 무인들의 검병이 부딪히는 소리와 비명소리가 터져 나왔다.

정사연합의 힘은 강력했다.

하지만 마교가 지금껏 숨기고 있던 힘은 그 이상이었다.

검을 휘두르던 마인이 정파 고수 한 명의 목을 치며 소리쳤다.

"혈마신께서 우리와 함께하신다!"

"우와아아아아!"

이렇게 한바탕 난동이 벌어진 전장은 얼마 지나지 않아 죽음의 소리로 가득해졌다.

끝도 없는 고요함 말이다.

누가 승자고 누가 패자인지는 중요하지 않다.

엄청나게 많은 목숨이 이 작은 평원에서 스러졌다.

얼마나 지났을까?

까아악!

혈향을 맡고 날아든 까마귀들이 사방에서 몰려들기 시작했다.

그 한가운데 검광이 번뜩이고, 시체들을 향해 날아들던 까마귀들의 몸통이 갈라진 상태로 지면에서 퍼덕거렸다.

자신들의 상태를 납득하지 못하는 듯.

까마귀들이 억울한 몸짓으로 파닥거리며, 자신들을 이렇게 만든 자를 찾듯이 고개를 사방으로 휘저어댔다.

그때, 한 그림자가 시신들이 산처럼 쌓여 있는 그곳에 모습을 드러냈다.

용민이었다.

터벅.

발걸음을 멈춘 용민이 무거운 시선으로 시체가 가득한 사위를 살피며 한숨을 흘렸다.

"하아……."

이 죽음들이 정사마를 떠나 의미 없는 죽음임을 알고 있기 때문이다.

전쟁이라는 것은 대부분 누군가 몇몇의 욕심과 탐욕으로 인해 일어나는 것이 사실이다.

결국 각자가 자신들이 원하는 것을 얻기 위해서 전쟁을 벌일 뿐이라는 말이다.

용민 자신도 전쟁을 피하는 존재는 아니었다.

오히려 중원의 입성을 꿈꾸며 힘을 기르고 기회를 주시하던 존재였다.

그런 그가 이렇게 회의적인 모습을 보이는 이유는 따로 있었다.

이 전쟁에는 큰 문제가 하나 있었다.

바로 이 전쟁으로 무언가를 얻으려던 자들이 아무도 살아남지 못할 것이라는 점이었다.

자신들이 모든 것을 얻었다고 생각하는 순간, 모든 것을 잃게 될 전쟁.

스스로의 자멸로 달리는 전쟁.

"교주님."

쇼교주 한정빈이 용민을 불렀다. 그리 좋지 않은 표정.

용민이 거의 부동에 가까울 정도로 미미하게 고개를 끄덕였다. 어떤 소식일지 듣지 않아도 알 수 있었다.

"황군이 움직이기 시작했습니다."

"결국엔……."

용민이 한탄의 목소리를 토했다.

그들은 모르고 있다.

하긴, 그들이 어찌 알겠는가.

지금 자신들이 이 세상을 파멸시킬 파괴신을 불러들이는 일개 제물에 불과하다는 사실을 말이다.

*　　　*　　　*

마교의 움직임이 본격화되자, 황실의 분위기도 심상치 않게 흘러가기 시작했다.

그렇지 않아도 황실의 말을 들어 처먹지도 않는 무인들을 적당한 명분하에 처단할 기회라고 판단한 황실은 대단위 군사를 모으기 시작했다.

몇몇 신하들의 상소가 있었지만, 황제는 거들떠보지도 않았다.

이미 자신이 내린 황명을 무시하는 각 문파들의 행태에 분노하여, 모두 정리해 버릴 수 있는 길을 포기할 생각이 전혀 없던 탓이다.

그렇지 않아도 말을 들어 먹지도 않는 무인들이라는 무법자 놈들이 마음에 들지 않던 황제는 아예 이번 기회에 무인이라는 놈들의 뿌리를 모조리 뽑아버리자고 생각하고 있었다.

황제는 황실에 들어와 무관으로 일하고 있던 정파의 파견 무인들을 감금하면서까지 일을 추진하였다.

황군은 모든 준비에 만전을 기했다.

무인들의 힘을 결코 얕볼 수 없다고 생각한 것이다.

문제는 바로 거기에 있었다.

대규모 군사가 일고 국경이 삼엄해지자, 국경과 맞닿아 있는 타국에서 즉시 경계의 기미를 드러내기 시작한 것이다.

황군의 움직임이 타국에 경계심을 주고, 그들이 군사를 일으킬 명분을 준 것이다.

최소한 어떤 이유로 군사를 일으킨 것인지 사신을 써서 전갈이라도 보냈다면 일어나지 않았을 일이나, 자국 내에서 일어나는 자중지란을 자랑스럽게 드러낼 수가 없는 황실의 입장으로서는 낭패가 아닐 수 없었다.

그러나 아직 아예 늦은 사안은 아니었다.

최소한 그들을 납득시키고 상황을 정리할 수 있는 시간은 있었다.

하지만 진짜 문제는 따로 있었다.

바로 황실의 자존심이 그것이었다.

중원.

세상의 중심이라고 자부하며, 스스로 하늘의 아들이라 칭하는 거인의 심기가 불편해진 것이 문제였다.

황제는 알아서 기어도 모자랄 오랑캐 놈들이 감히 자신에게 검을 드리우는 것도 마음에 들지 않았다.

결국 이 모든 상황이 천하일통을 위해 하늘이 내려준 기회라 결심한 황제는 토벌을 위한 거병을 지시하였다.

황명을 통해 한 달 만에 총 육십 만의 대군이 소집되었다.

물론 이것이 끝이 아니었다.

이들은 선발대에 불과했으니 말이다.

전 대륙에서 속속히 몰려든 병력은 그 이상이었다.

내란을 다스리려던 것이 국가 간의 전쟁으로 크게 번진 것이다.

천하일통을 그리는 대 전쟁으로 말이다.

이제 그 누구도 이들의 행군을 막을 수 없으리라.

대군들의 총지휘를 맡은 대장군이 목소리 높여 외쳤다.

"전군 진군하라!"

"우와아아아아아!"

"전군 진군!"

"오오오오오!"

쿵! 쿵! 쿵! 쿵!

육십 만 병력이 동시에 움직이며 울리는 거대한 발 구름 소리.

소리뿐이 아니다.

땅은 지진이라도 난 것처럼 진동하였다.

금방이라도 지축이 뒤틀어질 것 같은 진동!

둥! 둥! 둥! 둥!

심장이 터질 것처럼 울려대는 저 진군의 북소리!

그야말로 거대한 병력이 움직이고 있는 그 모습은 사람으로 만들어진 해일이 몰아치는 것과 같아 보였다.

저들의 존재만으로 만들어진 위압감은 말로 표현이 불가능했다.

그토록 위압적인 대군의 움직임을 하늘 위에서 조용히 응시하던 아르테미온은 곧 하늘이 떠나가라 웃음을 터트렸다.

"크크크크큭. 크하하하하하!"

7장

影徒隨我身暫伴月將影行樂須及春我歌月徘徊我舞

地酒星不在天地若不愛酒 地應無酒泉天地既愛酒愛酒

這一斗合自然但得酒中趣勿醒者傳三月咸陽城千花晝

俗事固難審醉後失天地兀然就孤枕不知有吾身此樂

酒酣心自開辭粟臥首陽 屢空飢顏回當代不樂飲虛名

1

약 일 년의 시간이 흘렀다.

준동한 황군은 패배를 몰랐다.

거대한 덩치로 세상을 짓눌렀고, 그 압도적인 물량의 폭력에 맞설 수 있는 존재들은 없었다.

이 전쟁의 시초라 할 수 있는 위대한 각 문파의 무인들도 마찬가지였다.

끝도 없이 밀려오는 군대 앞에 자신들의 힘이 강 위의 가랑잎에 불과했음을 깨닫게 된 것이다.

자신들의 힘에 취해 용기백배하던 어느 날, 정신 차리고 보니 세상은 끝없는 황군에 둘러싸여 있었다.

그 끝이 보이지 않게 늘어선 황군에서 사신 하나를 보내왔는데, 그 사신이 던진 화두는 짧고 간략했다.

죽을 것이냐, 아니면 황제의 신민으로 다시 태어날 것이냐.

스스로의 힘에 자만하고 있던 정파와 사파의 무인들 또한 황군의 거대한 힘에 눌려 자존심을 굽히지 않을 수 없었다.

선택을 하고 말고 할 것도 없었다.

이건 도저히 어떻게 해볼 수준이 아닌 것이다.

계란으로 바위 치기?

운이 좋으면 계란이 멀쩡할 수도 있을 것이다.

하지만 천 장 절벽에서 내던진다면, 그 결과는 이미 정해져 있다고 봐야 할 것이다.

이대로 저 어마어마한 황군에 맞서 반역자로 몰려 개죽음을 당할 것인지, 아니면 황제의 권위를 받아들이고 황군으로 스며들 것인지라면, 그것은 더 이상 선택이라고 보기도 어려웠다.

물론 몇몇 초인의 경지에 오른 이들은 나름 혼자라면 어떻게 도주하거나 버틸 수 있겠지만, 그들 또한 제자나 가족들까지 나 몰라라 할 수 없었다.

앞으로 이 땅에서 살아가기 위해서는 절대 반역의 죄를 뒤집어써서는 안 된다.

마교 또한 선택의 기로에 놓였다.

마교의 이십삼 만 마인들로 구성된 병사들은 황군과 싸우고 전쟁터에서 죽겠다고 외쳤지만, 용민은 그것을 용납할 수 없었다.

개죽음은 피해야 하는 것이다.

그때 새외의 세력이 손을 뻗었고, 마교는 새외의 세력과 동맹을 맺기에 이르렀다.

그렇게 결성된 연합군.

몇 번의 거대한 전투가 벌어졌다.

승전과 패전이 반복되면서 마교를 포함한 연합군은 어느새 뒤로 밀리기 시작했고, 그 결과 마교의 본토가 짓밟히기 시작했다.

마교의 평민들은 땅을 버리고 새외로 피난을 가야만 했다.

황군들에게 붙잡히면 사형을 당하는 탓이었다.

황제가 이렇게 말한 탓이다.

"세상을 혼란케하는 마교도들은 따지지 말고 모두 죽여라!"

황군의 병력은 계속 밀고 올라가 연합군을 압박하기에 이르렀고, 최후의 전투가 얼마 남지 않게 되었다.

일 년이라는 짧은 시간 동안 총 동원된 병력은 황군 백팔십 만이었고, 마교 동맹군의 병력은 구십육 만에 이르렸다.

그동안 나온 사상자의 수만 해도 황군이 사십칠 만 명이었고, 마교 동맹군 삼십구 만 명이었다.

그런데 싸움이 치러지면서 하나둘 뭔가 이상하다는 것을 느끼는 소수의 사람들이 생겨나기 시작했다.

마치 이 전쟁이 누군가 짜 놓은 판처럼 벌어지고 있다는 생각이 들었던 것이다.

인위적이라고나 할까?

전쟁은 계속 아슬아슬하게 포기하지 못할 정도로 주고받는 양상으로 이어졌다.

회생 불가의 위험한 상황이 한쪽에 생기면, 어떻게든 그들이 회생할 시간이 생기는 또 다른 사건이 일어났다.

대부분의 전쟁은 한쪽이 승기를 얻고 그대로 몰아칠 때 가장 큰 피해를 상대방에 입힐 수 있다.

그렇게 된다면 큰 피해를 입지 않고 대승을 얻을 수 있을 테지만, 일 년이 넘는 전쟁의 기간 동안 양군을 통틀어 그런 승리는 단 한 건도 일어나지 않았던 것이다.

일방적인 살육전이 전혀 없던 것은 아니지만, 최악의 상황만은 계속 모면하는 상황이었다고나 할까.

마치 계속 오랫동안 전쟁이 이뤄지길 누군가 바라는 것처럼 말이다.

조율되는 느낌.

뭐, 말도 안 되는 이야기였지만 말이다.

그런 생각을 회의에서 입 밖으로 던진 이들이 전혀 없던 것은 아니다.

"허튼소리 그만하시오!"

"누가 있어 그렇게 전쟁을 예측하고 조율할 수 있단 말이오!"

"만일 그런 자가 있다면 인간이 아닐 것이오!"

어쨌거나 이번 전쟁으로 인해 죽은 양군의 사상자 수는 역대 중원 전투 사상 최고 수준이라 할 수 있었다.

일반적으로 전쟁이 벌어지면 한쪽 병력이 큰 피해를 입고 끝나는 경우가 대부분인데, 지금은 정말 귀신이 곡할 노릇이지만, 양쪽 군대가 거의 비등한 힘을 유지하는 식으로 전투가 벌어지다 보니 더욱 포기하지 못하고 이를 악물게 되었다.

무엇보다 이렇게 치열한 전쟁이 오래 유지가 되자 다른 곳에서도 큰 피해가 생성되기 시작했다.

병사들의 죽음보다 더 큰 희생을 당하는 자들이 생기게 되었던 것이다.

바로 그 전쟁의 도가니에서 휘말린 일반 백성들.

백성들의 사상자 수는 이미 측정 불가의 수준이었다.

병사들이 죽어간 수와도 비교할 수 없을 만큼 많은 무고한 사상자를 낳은 것이다.

원래 전쟁이라는 것이 그러하다.

거대한 병력이 움직이는 전장이다 보니 막대한 전쟁 물자를 원활하게 배급할 수 없었고, 결국 배급을 자신들이 주둔하고 있는 점령지의 백성을 쥐어짜는 것으로 충족시키다 보니 생긴 현상이었다.

살육전으로 인해 인성이 마비된 병사들은 기강이 흐트러진 지 오래였다.

본능적인 욕구를 해소하기 위해 폭력적인 성향을 숨기지 않는 저들은 이미 일반 백성들에게는 악마였다.

"나라를 위해 희생하는 우리를 위해 그 정도도 못한단 말이냐!"

그 서슬 퍼런 한마디로 자신들을 정당화하는 저들을 어찌 막을 수 있단 말인가.

강간, 약탈, 폭력.

그 모든 것들이 정당화되었다.

전쟁으로 피폐해진 그들의 머릿속에서는 말이다.

어쨌거나 전쟁의 충돌로 인해 생긴 결과를 따지자면 황군의 피해가 더 컸다고는 하지만, 정작 위기에 처한 것은 마교 동맹군이었다.

황군은 징병을 통해 줄어든 병력을 충족할 수 있지만, 마교 동맹군은 더 끌어올 병력이 없기 때문이었다.

그렇다고 패배를 자인할 수도 없었다.

황군의 목표는 패배를 받아들이는 것이 아닌 그들의 완전한 정벌에 있기 때문이다.

무엇보다 정벌의 목표는 흡수가 아닌 끝없는 약탈.

만일 이대로 패배를 인정하게 된다면 마교도는 사형, 살아남은 새외의 사람들은 모두 종주국의 노예로 전락하게 되는 것이 기정사실이었기 때문이다.

노예가 되느니, 사형을 당하느니, 그냥 전쟁터에서 죽겠다는 마음을 먹은 것이다.

더군다나 황군의 병력이 더 크고 강한데도 그들은 나름대로 비등하게 겨루며 저쪽에 더 큰 피해를 입히고 있다.

싸워볼 만하지 않은가?

그것이 아직 그들이 이 전쟁을 포기하지 못하는 또 하나의 이유였다.

차이가 크게 나면 포기할 수도 있겠지만, 힘겨루기에서 조금 밀린다고는 해도 큰 차이를 보이지 않고 있었기 때문이다.

그러나 사실 전쟁의 양상은 서서히 끝이 보이고 있었다.

갈수록 두 군의 충돌에서 연합군의 승률이 줄어들기 시작했고, 더 이상 밀릴 수 없는 최후의 전선인 대평원까지 밀려난 탓이다.

＊　　　＊　　　＊

둥둥둥둥!

"진군하라!"

황군이 그 거대한 몸을 움직인다.

그러자 땅이 고통의 비명을 토한다.

쿵쿵쿵쿵!

하늘도 두려움의 비명을 토한다.

<u>고오오오오오오!</u>

맞은편 평야 끝자락에 자리하고 있던 연합군들은 저 멀리 보이는 검은 물결을 보며 치를 떨었다.

하지만 자신들도 그냥 이대로 있을 생각은 없었다.

갑자기 전방에 자리하고 있던 보병들이 좌우로 갈라지고, 활을 가진 궁수들이 모습을 드러냈다.

궁수들은 일사불란한 움직임으로 살을 겨눴고, 시위를 하늘로 올렸다.

"사격!"

퓨퓨퓨퓨퓨퓨퓨퓻!

쏴사사사사사사!

화살로 만들어진 거대한 구름이 바람을 타고 이동한다.

검은 구름은 하늘의 빛을 가리고, 적군들이 몰려오고 있는 반대편을 향해 거침없이 날아들었다.

보기만 해도 공포스럽다.

두려움에 다리가 후들후들 떨려올 정도다.

황군은 그 공격을 예상하고 있었다.

"방(方)!"

단비와 같은 그 말을 기다렸다는 듯이 넓은 판자 방패를 들어 올리며, 보병들이 하늘을 가린다.

약 두 명의 머리 위가 가려질 정도의, 검은색으로 칠해져 있는 나무 방패였다.

방패를 들어 올리자, 방패를 가지고 있지 않은 병사들이 모여들며 나무 방패 그늘 아래로 몸을 숨긴다.

마치 멀리서 보면 비늘을 세운 파충류처럼 보이는 모습이었다.

하지만 사실 검게 칠해진 나무 방패는 생각보다 허접하다.

손잡이에서부터 재질까지.

이미 보병들에게 제대로 된 보급이 이루어지지 못한 지 오래였다.

그 허접한 방패조차 받지 못한 이들이 허다했고, 그들은 살기 위해 직접 나무를 꺾어 얼기설기 만든 방패를 사용할 수밖에 없었다.

병사들은 몸을 오들오들 떨었다.

그리고 곧 쏟아지는 검은 화살 비.

투두두두두두두둑!

"으아아아아아악!"

공포에 눌려 새어 나온 비명이 곳곳에서 들리다 이내 끊어진다.

퉁! 투퉁! 퉁퉁!

"으아! 으아아아악!"

하늘에서 쏟아지는 화살이 가져온 충격은 생각보다 거 대했다.

한 발 한 발이 방패에 꽂힐 때마다 팔이 부러질 것처럼 저려왔으니 말이다.

그뿐이 아니다.

몇몇 화살은 방패를 뚫으며 화살촉을 드러내기까지 했다.

"으악!"

"방패 꽉 잡아! 놓치면 진짜 죽어!"

황군의 보병들은 이를 악물고 버텼다.

그렇지 않으면 순식간에 전신이 화살 투성이가 되고 말 테니 말이다.

그렇게 한차례 폭풍 같은 시간이 지나고, 거대한 징소 리가 울렸다.

지잉! 지잉!

다급히 정신을 차린 보병들이 방패를 내리고 뒤로 몸을

뺀다.

방패를 내리자마자 보이는 적지 않은 사상자들.

"크아아악! 아파! 아파! 살려줘!"

"으으으으."

사방에서 들리는 신음소리들.

화살의 희생양이 된 것이리라.

아무리 방패로 몸을 막는다고 해도 화살은 정해진 위치로만 날아오지 않았던 것이다.

크게 비명을 지르는 놈들은 그래도 살 확률이 있는 부상자들이었다.

그들은 아프다고 호소라도 할 수 있기 때문이다.

정말 죽어가는 병사들에겐 비명도 사치였다.

화살 받이가 되어 즉사한 이들도 있지만, 문제는 애매하게 고통을 호소하며 살아 있는 이들이었다.

이런 전장에서 부상자는 적보다 못한 쓰레기 취급을 받는다.

치료?

그런 것이 어디에 있겠는가?

보급도 수월하지 않은 판국에.

같은 편이라 해도 쓰러져 있다면 누구도 회수하지 않는다.

걸어서 움직일 수 없는 자들이라면 다른 시체들과 마찬

가지로 그냥 놔두고 이동한다.

그들이 아니어도 병사는 많기 때문이다.

무엇보다 자신의 몸 하나 건사하기 힘든 탓이다.

사실 그런 사실을 모두 알고 있다.

자신들 같은 보병은 일개 소모품에 불과하다는 사실을.

그렇다고 진영을 이탈할 수도 없다.

나라가 가족들을 인질로 잡고 있는 것이나 마찬가지였다.

가족이고 뭐고 자신의 목숨이 우선인 자들은 탈영을 시도하기도 했지만, 평생 도망치고 살아야 하는 신세가 될 것이다.

홀로 외롭고 쓸쓸하게 말이다.

죽느니만 못한 도망자 신세가 될 수는 없는, 몰릴 대로 몰린 자들이 여기 남아 있는 것이다.

이런 상황에서 자신들이 부상당한 동료들에게 해줄 수 있는 것은 하나뿐이다.

고통을 줄여주는 것.

물론 그 죽음을 쉽게 받아들이는 이들은 별로 없었다.

그 죽을 정도로 고통스러운 상황 속에서도 그들은 하나같이 닭똥 같은 눈물을 흘리며 사정했다.

"사, 살려줘. 살려줘. 제발⋯⋯."

두 눈을 질끈 감고 얼굴이 익은 동료 병사의 목을 친다.

서걱!

툭, 데구르르르.

동료 병사의 목이 떨어져 바닥을 뒹군다.

이렇게 해주지 않을 수 없다.

그렇지 않으면 비정하게 이동하는 동료 병사의 발에 밟히며, 온갖 두려움과 고통을 느끼다 죽을 테니까.

그때, 장군들이 소리쳤다.

"빨리빨리 움직이지 않고 뭐하는 건가! 굼뜨게 움직이는 자는 내 손수 목을 치리라!"

허둥지둥 자신의 정해진 위치를 찾아 움직이는 병사들.

이런 모든 상황은 분노가 되었고, 그들의 분노는 고스란히 상대편에 대한 적개심으로 화했다.

병사들은 저들 때문에 자신들이 이곳으로 끌려온 것으로 생각하고 있었다.

그때, 황군의 보병들 사이로 궁수들이 모습을 드러냈다.

선봉에 서 있던 장군이 손을 내렸다.

주변의 깃발이 흔들리고, 동시에 궁수들이 활시위를 놓는다.

퓨풋! 푸슈슈슈슈슛!

조금 전 날아온 화살에 대한 보답이라도 하듯 하늘을 다시 덮는 검은 화살 구름들.

이번에는 황군이 연합군에게 선사하는 선물이다.

연합군도 황군의 움직임과 크게 다르지 않았다.

하지만 황군의 통일된 형태의 검은 방패와 달리 다양한 형태의 방패가 하늘을 가릴 뿐이다.

하늘에서 쏟아지는 검은 화살 비.

상황은 황군이나 연합군이나 크게 다르지 않았다.

비슷한 현실.

차오르는 분노와 슬픔.

그러나 연합군은 그런 것을 느낄 시간도 충분히 가질 수 없었다.

화살 비의 여운이 채 가시기도 전에 황군의 기마대가 창을 앞세우고 달려들었기 때문이다.

"진군하라!"

두두두두두!

황군 측 기마병들의 말발굽 소리가 무섭게 고막을 자극했다.

연합군 병사들은 방패 사이로 기다란 창들을 빼 들어 앞쪽을 겨눴다.

곧이어 방패와 창을 든 보병과 기마대가 충돌했다.

쿵! 쿠구구구궁!

"으와아아앗!"

기마의 거대한 힘에 눌린 방패 병들의 전열이 무너지

고, 그 틈을 말들을 뒤따라온 황군의 보병들이 파고들며 무기를 휘둘렀다.

누가 적이고 아군인지도 모호한 이 엄청난 대 살육의 한복판.

세상의 멸망의 징조가 피어난 것은 바로 그 순간이었다.

2

고오오오오!

치열하게 생존을 위해 검병을 휘두르고 있던 병사들은 미처 알아차릴 수 없었다.

다른 것들에 신경 쓸 겨를이 없었기 때문이다.

하지만 아직 전투 전면에 휩싸이지 않은 이들은 뭔가 이상한 감각을 느낄 수 있었다.

대기가 변화한 것이다.

덥다 못해 무덥기까지 한 시기였다.

거기에 전쟁의 열기로 더 버티기 힘든 더위로 가득한 날씨에, 갑자기 서늘함을 넘어 추위가 느껴지기 시작한 것이다.

"어?"

갑자기 느껴지는 추위에 사람들이 하나둘 술렁이기 시

작했다.

그렇다고 해도 아직 전투의 한복판에 휩쓸려 있는 이들까지 반응하게 할 정도는 아니었다.

하지만 순간, 이 막대한 전투의 열기조차 식힐 상황이 벌어졌다.

누군가 자신의 어깨에 떨어진 하얀 무언가를 발견하고 중얼거린 것이다.

"눈?"

그 말에 병사들이 하나둘 반응하였고, 전투를 대기하고 있던 몇몇은 시선을 하늘로 올리기까지 했다.

"눈이라고?"

구름 한 점 없는 맑은 하늘이 시야에 들어온다.

그러나 정말로 눈이 내리고 있었다.

그것도 시간이 지나가면서 그 눈송이의 크기가 커져갔다.

전장의 치열함은 서서히 줄기 시작했고, 싸우는 둥 마는 둥하던 사람들 사이로 당혹스러운 시선으로 주변을 살피는 이들까지 생겨났다.

그때, 누군가 이상한 것을 발견했다.

"저기 하늘에……."

전장 위 하늘 중심에 뭔가가 떠 있는 것이 시야에 들어온 것이다.

그것이 사람의 형태를 하고 있다는 사실을 알게 되기까지 그리 오랜 시간이 걸리지 않았다.

"사람?"

그 혼잣말이 입 안에서부터 나온 순간, 연합군 측에서 검은 그림자 하나가 하늘로 치솟아 올라갔다.

아르테미온을 확인한 용민의 몸이 허공으로 치솟았다.

용민의 눈빛은 분노로 물들어 있었다.

아르테미온이 용민을 보며 말했다.

"왔군. 후후."

"지금까지 찾았다."

용민의 말에 아르테미온이 씨익 웃었다.

"내가 보고 싶었나?"

"보고 싶어서 미치는 줄 알았지."

"한데 어쩌지? 지금은 놀아주기 좀 그런데. 내가 좀 바빠서 말이지."

아르테미온의 손이 허공을 휘저을 때마다 거대한 기운이 느껴졌고, 그렇게 중첩된 거대한 기운은 허공에 점의 형태로 남으며 빛으로 물들었다.

빛은 허공에 그려질 때마다 상식을 벗어나는 압력을 몰고 왔다.

용민이 아르테미온을 향해 달려들었다.

뭐가 뭔지 모르겠지만, 아르테미온이 하는 행동이 결코 좋은 일이 아닐 것임은 알고 있었기 때문이다.

용민이 달려들었지만 바로 튕겨져 나왔고, 아르테미온은 별다른 대응 없이 하던 작업을 진행했다.

우우우웅!

파핫!

곧 거대한 빛의 기둥 하나가 허공에 그려졌다.

아르테미온이 연이어 두 번째 작업을 시작했고, 용민은 이번에도 그 작업을 막기 위해 몸을 날렸지만, 어째서인지 아르테미온에게 다가갈 수 없었다.

예전에 목격한 실드라는 것과는 분명 달랐다.

그러나 효력은 비슷한 것임을 알게 되었다.

강기를 두른 주먹으로 힘껏 두들겨 보았다.

둥!

거대한 울림이 하늘에서 땅까지 울렸다.

그럼에도 아르테미온의 몸을 보호하는 보호막을 뚫을 수 없었다.

하지만 전혀 효과가 없지는 않았다.

아르테미온이 놀란 눈빛으로 용민을 흘겨보았기 때문이다.

"그래, 좋다. 그럼 더 강하게 내질러 주마."

용민은 무현을 뽑아들고는 그대로 강기를 실었다.

우흥!

"부술 수 없다면 찢어주마."

그러나 용민은 자신의 말대로 할 수 없었다.

자신을 향해 날아드는 거대한 살기 때문이었다.

무시할까 싶었지만, 본능이 그 살기를 피해야만 한다고
알려줬다.

용민은 아쉬움을 무릅쓰고 몸을 뒤로 뺐다.

그와 동시에 용민이 있던 자리에 일곱 개의 강기 다발
이 쏟아져 나왔다.

그냥 당할 용민이 아니다.

강기가 날아온 위치를 파악하고 그대로 강기를 되받아
날려줬으니까.

사방에서 답답한 신음소리들이 터져 나왔다.

"크흑!"

"큭!"

용민은 자신을 둘러싼 존재들을 하나둘 돌아보았다.

그 수는 총 스물다섯 명.

삼황오제 중 하나인 무극검황 오극문과 도제 공덕우,
빙제 종극서, 세 사람이 제일 처음 시야에 들어왔다.

삼황오제는 중원과 새외의 북해빙궁, 남림, 열화사막,
포달랍궁 등의 최고수들을 총칭한 이름이라 할 수 있다.

세 명은 과거 얼굴을 본 적이 있었기에 바로 알아본 것이다.

나머지는 거의 처음 보는 얼굴들이었지만, 몰라볼 수 없었다.

현존하는 최고수들의 특성을 모를 수 없으니까.

용민이 중얼거렸다.

"무림맹주 백우현, 사도련주 곽대봉에 삼황오제, 십이 존자에, 죽은 줄 알았던 전대의 늙은 귀신들까지… 큭큭 큭. 이거 내가 오늘 복이 터졌구나."

하나하나가 절대고수, 종사라 불려도 모자람이 없는 이들이었다.

흘러나오는 웃음과 달리 용민의 얼굴은 분노로 가득 물들어 있었다.

용민은 자신을 둘러싼 저들이 어디서 나왔는지 목격했기 때문이다.

놀랍게도 절반은 황군 측에서 나왔고, 절반은 연합군 측에서 나왔던 것이다.

왜 저들이 저곳에서 나왔는지 의아함은 전혀 없다.

상황이 한순간에 모두 이해가 되었으니 말이다.

"미친놈들, 지들이 살겠다고 세상을 팔아!"

이미 소율모가 이야기한 바가 있기에 저들이 모두 아르테미온에게 꺾였으리라는 것은 알고 있었다.

하지만 상황을 보니 저들은 단순히 꺾인 게 아니라 이

미 아르테미온의 수하로 전락해 버린 것이었다.

무림맹주 백우현이 말문을 열었다.

"우릴 이해하시오."

"이해 같은 소리하고 자빠졌네. 미친 새끼."

용민의 막말에 무림맹주 백우현의 표정이 딱딱하게 굳었다.

사도련주 곽대봉이 용민에게 아는 척을 해왔다.

"비급으로 우리에게 엿 먹인 녀석이 마교의 교주가 되었다는 말을 상인께 듣고는 깜짝 놀랐지. 무엇보다 이렇게 만나게 될 줄 누가 알았겠나."

용민은 그런 사도련주 곽대봉을 향해 한마디로 일축했다.

"병신."

"뭐?"

"못 들었냐? 그럼 또 말해주마, 이 병신아."

"이런 미친 새끼가!"

"넌 여기 이처럼 많은 병신들 중에 최고로 도드라지는 병신이다."

"죽여주마!"

사도련주 곽대봉이 분노로 눈이 뒤집힌 채 용민을 향해 달려들었다.

그 속도는 마치 바람과도 같았다.

격렬한 타격음이 터져 나오더니, 비참한 비명이 들려왔다.

퍽!

"켁!"

바로 사도련주 곽대봉의 비명이었다.

사도련주 곽대봉은 방금 전 분노했을 때보다 눈이 더 뒤집힌 상태로 흰자위를 보이며 바닥에 나뒹굴고 있었다.

모두들 놀람을 감추지 못했다.

한 늙은이가 자신의 감정을 흘렸다.

"어, 어떻게 저런?"

곽대봉 그가 여기에 자리한 이들 중 가장 젊긴 하지만, 그렇다고 약한 존재가 아니었던 탓이다.

최소한 이곳에 있는 괴물들과 어깨를 나란히 할 정도의 실력을 지니고 있었으니 말이다.

저렇게 한 수에 제압당할 존재가 아니란 말이다.

"자, 다음 차례는 누구냐?"

으득!

용민이 이를 갈며 말했다.

그때, 바닥에 쓰러져 있던 사도련주 곽대봉이 벌떡 일어나며 용민에게 공격을 가했다.

그것을 본 늙은이가 안도의 모습을 보이며 반응을 보였다.

"역시 그렇게 쉽게 당할 리 없······!"

퍽!

"켁!"

털푸덕!

하지만 그 말이 채 끝나기도 전에 다시 눈을 까뒤집고 바닥에 나자빠지는 사도련주 곽대봉이었다.

이번에는 쉽게 일어나지 못할 것처럼 보였다.

벌어진 입에서 거품이 흘러나오고 있었기 때문이었다.

"어이, 늙은이. 뭐라고?"

"······."

용민이 콕 집어 혼잣말을 주절거리던 늙은이를 향해 말을 걸자, 늙은이는 입을 굳게 다물었다.

늙은이의 표정이 이렇게 말을 하고 있었다.

저런 협잡배 같은 자와 말을 섞기 싫다고.

그때, 뒤늦게 상황을 파악하고 한정빈을 포함한 마교의 수뇌부들이 용민을 보호하기 위해 날아오기 시작했다.

그것을 본 용민이 가볍게 손을 들어 그들이 오지 못하도록 막았다.

─돌아가서 교도들을 보호하라!

용민의 전음에 짧은 망설임을 보이던 이들이 곧 모두 몸을 돌려 떠나갔다.

용민이 오지 못하게 막은 것엔 이유가 있었다.

저들이 여기에 와봤자 큰 도움이 못 되기 때문도 있었지만, 가장 큰 이유는 거치적거리기 때문이었다.

이들을 상대하는 것은 자신으로서도 쉬운 일이 아닌데, 수하들까지 보호하며 싸울 수는 없는 일이 아니겠는가.

늙은이가 눈치 빠르게 다시 돌아가는 마교 수뇌부의 뒤를 점하려는 모습을 취하자, 용민이 말문을 열었다.

"뭐, 나도 굳이 곧 뒈질 녀석들과 대화는 필요 없다고 생각하고 있어. 덤벼."

그 말에 늙은이가 떠나가는 마교의 수뇌부들에게서 신경을 끊고 용민을 주시했다.

"허허. 천둥벌거숭이가 따로 없구나!"

"그 천둥벌거숭이한테 맞아 뒈지면 많이 쪽팔릴 거야, 그렇지?"

"버릇없는 놈에겐 매가 약이지."

"오! 너도 아는구나? 그럼 이것도 알겠네. 그 약이 정신 나간 놈들에게도 통한다는 거."

늙은이의 얼굴이 분노와 수치로 붉게 물들어갔다.

늦게나마 깨달은 것이다.

자신이 말로 용민을 이길 수 없음을 말이다.

"후회하게 해주마."

"그래. 꼭 그렇게 느끼게 해줘라. 내가 지금 많이 열 받았거든? 정말 열 받았어. 그래서 너희들을 모두 다 죽일지도 몰라. 아니, 아마 죽일 거 같아. 그러니 최선을 다 해라, 조금이나마 덜 아프게 죽으려면."

그 말을 끝으로 용민은 자신을 둘러싼 스물다섯 명, 아니, 하나는 바닥을 뒹굴고 있으니 스물네 명을 향해 신형을 날렸다.

파팟!

3

쿠콰콰콰콰콰콰쾅!

그들의 일검과 일수에 땅거죽이 갈라지고, 터지고, 일어난다.

섬광이 사방에서 번쩍이며 함께 터져 나온 굉음으로 고막이 아려왔다.

그에 발생되는 충격파는 바람을 동반하며 대기를 뒤흔들었다.

이미 '일반인들의 전쟁'은 멈춘 상태였다.

자신들의 보잘 것 없는 싸움이 계속 이어질 여지가 없었기 때문이다. 괜히 옆에서 싸우고 있다가는 잘못 날아온 검기에 맞아 죽을 판이다.

"뭐, 뭐야?"

"대체 무슨 일이 벌어지고 있는 거지?"

"저게 인간들의 싸움이란 말인가?"

연합군이건 황군이건 할 것 없이 허공에서 일어나고 있는 수상한 자들의 싸움을 보며, 경외를 넘은 공포심을 느끼고 있었다.

비현실적인 이 상황에서 그들이 할 수 있는 것은 아무것도 없었다.

전투를 지속하는 것도, 그렇다고 자리를 이탈하는 것도 불가능했다.

머리 위에서 저렇게 난장을 피우는데 어떻게 전투를 계속 이어갈 수 있겠는가.

지휘관들도 마찬가지였다.

상황 파악도 하지 않고 후퇴 명령을 내렸다가 여차할 경우, 죄를 뒤집어 쓸 수가 있는데 어떻게 자리를 벗어날 수 있겠는가.

또한 지금 내리는 눈발은 대체 뭐란 말인가.

대치하고 있던 연합군과 황군의 병사들은 하늘이 노한 것은 아닐까 두려움을 느끼고 있었다.

그들이 할 수 있는 것은 단 하나뿐이었다.

본진으로 돌아와 최대한 거리를 두며 상황을 지켜보는 것 말이다.

용민의 발이 바닥을 밟는다.

공격해 들어오고 있던 십이존자 중 한 늙은이의 발이 밟히자, 용민이 팔꿈치로 턱을 후려치며 어깨로 상반신을 타격한다.

퍽! 터엉!

"커헉!"

십이존자 늙은이가 그대로 각혈하며 뒤로 튕겨져 날아 갔다.

동시에 용민을 위협하며 날아드는 고수들의 공격.

용민은 거친 발차기로 원을 그리며 그들의 공격에 제동을 걸었다.

후웅!

분명 발차기이거늘, 거대한 날카로운 도가 휘둘러진 것 같은 소음이 고막을 자극했다.

그 위협은 적들에게 충분히 먹혔다.

그렇다고 번 시간은 그렇게 많지 않았다.

촌각에 가까운 시간.

하지만 용민과 같은 고수에게는 충분하고도 남는 시간이었다.

죽기 전에 상대을 죽이는 시간으로는 말이다.

용민은 바람처럼 상대 고수 세 명의 인근 거리까지 파고 들어가, 외부 적들의 공격을 피하며 안쪽으로는 주먹과 발을 사용해 고수 세 명에게 선공했다.

용민의 일수는 하나하나가 기기묘묘하게 움직였고 변화무쌍했다.

무엇보다 망치와 같은 중량감을 지니고 있었다.

그런 용민의 공격에 속수무책으로 당하면서도, 그들은 이를 악물고 공격을 시도했다.

어떻게든 합공을 하려 했지만, 이대로 그냥 당하다 죽을 수도 있는 상황이 되다 보니 동귀어진의 수를 꺼낸 것이다.

그러나 용민의 갈대와 같은 움직임은 도저히 잡아내기 힘들었다.

아무리 강한 공격도 맞아야 공격인 것이다.

용민은 그들의 공격을 귀신처럼 흘리며, 양손으로 두 고수의 가슴을 내려치고, 한 발로 나머지 한 고수의 사타구니를 쳐올리며 안면을 다른 발로 찍어 찼다.

그때, 등 바로 한 치 아래로 눈 없는 검이 흘러 들어왔다.

터텅! 퍽!

"쿨럭!"

"끄억!"

용민은 발로 찍어 찬 상대의 얼굴을 디디고 도움닫기를 하여 표적 상태에서 벗어날 수 있었다.

고수 셋이 동시다발적으로 밀려났으나, 곧바로 그 틈을

새로운 고수들이 메우며 연이은 공격을 시도해 왔다.

정말 어찌 피할 도리가 없는 위협적인 공격이 다섯 곳에서 동시다발적으로 밀려들어 왔다.

전방과 후방에서 십이존자 두 명이, 좌측과 우측에서 검황과 암제가, 머리 위에서는 무림맹주 백우현이 공격을 시도한 것이다.

아무리 용민이라 하더라도 허공에서 저들의 공격을 모두 피하는 것은 불가능한 상태.

더욱이 저들은 그냥 고수가 아니다.

이미 정한 공격의 흐름도 물리적 영향을 받지 않는 것처럼 아무렇지 않게 수정할 수 있는, 괴물 같은 존재들인 것이다.

용민의 머릿속에 자신의 대응에 따라 바뀌는 저들의 공수가 그려졌다.

아무리 계산을 해봐도, 어떻게든 넷을 가까스로 흘린다고는 해도 최소한 하나는 맞을 수밖에 없는 상황이었다.

용민은 고민을 하지 않을 수 없었다.

'무엇을 맞아야 최소한의 피해로 끝낼 수 있는가.'

찰나와도 같은 시간.

생각이 끝남과 동시에, 용민이 기탄 두 개를 쏘아 던졌다.

팡! 팡!

후방과 우측 공격 두 개가 자신의 기탄으로 슬쩍 속도를 늦춰지자, 용민은 상체와 하체를 틀며 무현을 휘둘러, 전방과 좌측에서 밀려오던 두 개의 공격을 완전하게 상쇄할 수 있는 시간을 벌 수 있었다.

"죽어라!"

용민과 검황 그리고 십이존자의 충돌!

쾅! 쾅!

"흡!"

검황은 눈을 부릅뜨며 믿을 수 없다는 듯이 자신의 찢어진 손아귀와 부러진 무릎을 봐야만 했다.

"이럴 수가! 내 전력이 이렇게 허무하게!"

십이존자 중 한 명인 무면광마 허생곡은 허탈한 목소리를 흘리며 입가에 피를 문 채 용민을 넋 놓고 바라보았다.

그들은 이제 움직일 수 없었다.

기혈이 뒤틀렸기 때문이다.

움직이는 순간, 주화입마에 빠져 죽느니만 못한 상황에 처하게 될 터였다.

그렇게 두 개의 공격을 상쇄하자 허공의 무현은 운동에너지를 완전 소모하게 되었고, 그 탓에 그대로 중력도 망각한 것처럼 공중에 잠시 멈추게 되었다.

그리고 무현이 서서히 중력의 영향을 받게 될 즈음, 시간차를 두고 날아온 후방과 우측의 공격이 파도처럼 밀려

들어 왔다.

하지만 그보다 먼저 하늘에서 쏟아지는 무림맹주 백우현의 검공이 마침 용민의 몸을 노렸고, 용민은 기다렸다는 듯이 무현으로 맞서며 충돌했다.

쩌엉!

튕겨져 나가는 용민의 무현과 무림맹주 백우현의 공격.

하지만 하늘은 중력의 힘을 그에게 주었다. 백우현은 다시 재차 공격을 준비하고 있었다.

용민 또한 충격이 전혀 없지는 않았지만, 튕겨져 나간 반탄력을 바탕으로 움직일 수 있었다.

그는 후방에서 오던 십이존자 중 하나인 광혈마왕 우직해와 우측에서 오는 암제의 은밀한 공격을 각각 무현으로 흘리면서, 다른 공격을 작은 보폭으로 아슬아슬하게 피해 냈다.

용민은 공격 타이밍을 놓치고 중심을 잃은 암제의 등과 광혈마왕 우직해의 뒷목에 장타를 남겨줬다.

퍼퍽!

"어억! 컥!"

각각 등과 목에서 우두둑거리며 뼈가 으스러지는 소음이 터져 나왔다.

구겨진 종이처럼 뒤틀려 나자빠지는 상대를 돌아볼 틈도 없다.

이미 무림맹주 백우현이 공중에서 다시 쏟아낸 공격이 용민의 등을 노리고 있었다.

생각보다 빠르게 상황을 정리한 용민은 그것도 어떻게든 피해보려 했지만, 뱀과 같이 쏘아져 오는 무림맹주 백우현의 공격을 피하는 데는 한계가 있었다.

'등!'

용민은 깊이 파고드는 상대의 공격을 최소화할 방법을 궁리할 수밖에 없었다.

결국 상체를 바닥에 엎드리며 나려타곤(懶驢打滾)의 수를 사용했다.

그럼에도 요망하게 파고든 무림맹주 백우현의 검은 무현의 어깨에 그리 얕지 않은 검상을 입혀냈다.

그러나 낭패인 표정을 지은 것은 오히려 무림맹주 백우현이었다.

이렇게 큰 희생을 토대로 얻은 것이 저 정도 검상이라니, 비참하기 그지없었다.

"그대는 마왕이라도 되는가. 인간이 맞는가!"

용민은 대꾸해줬다.

"븅신, 지랄하고 자빠졌네."

용민의 호흡이 가빠오기 시작했다.

하지만 누구 하나 용민의 호흡에 신경 쓰지 않았다.

가쁜 호흡 하나로 지쳤다고 볼 수 있는 수준이 아니기

때문이다.

사실 용민의 능력을 단순히 인간의 능력이라고 보기엔 무리가 있었다.

저들을 모두 제압한 아르테미온도 용민의 힘을 인정하지 않았던가.

물론 용민은 정말 힘든 상황이 맞았다.

육체적인 것보다 정신적으로 지치고 있었던 것이다.

수월하게 앞서고 있는 듯한 용민이지만, 속은 조급함으로 물들어가고 있었다.

슬쩍 하늘을 올려다보았다.

아르테미온이 막 네 개째 빛의 점을 찍고 있었다. 거기에 이미 만들어진 빛의 기둥 세 개를 오가는 거대한 선들이 시야에 들어왔다.

뭔가 알 수 있었다.

빛의 기둥들의 위치와 모형을 보고 자연히 감이 왔다.

저 빛의 기둥이 다섯 개가 되는 것을 막아야 한다는 사실을.

지금이 만약 단지 저들과 맞서고 있는 상황이라면 이 상황 자체를 그저 즐길 수도 있다.

분명 즐겼을 터이다.

그렇지만 용민이 지금 신경 쓰고 있는 것은 하늘에서 이상한 수작을 부리고 있는 아르테미온이었다.

어떻게든 이 상황을 뿌리치고 저자를 막아야만 한다.

용민은 답답했지만, 도무지 방법이 떠오르지 않았다.

이들을 모두 쓰러트릴 수도 있다.

하지만 그때는 이미 적지 않은 시간을 버린 후일 것이고, 자신의 몸도 정상이 아닌 상태일 것이다.

그런 뒤에 아르테미온을 막기란 요원한 일이다.

짧은 적막이 흘렀다.

용민이 먼저 나서지도, 그렇다고 저들이 공격해 오지도 않았다.

각자 머릿속이 복잡해졌기 때문이었다.

용민은 용민대로 힘들었지만, 아르테미온의 수하가 되어 용민을 공략하는 각계의 고수들 또한 답답하기 그지없었다.

각자 소속이 있는 자신들이 이렇게 합심하여 나선 것은 용민이라는 존재를 날뛰지 못하도록 단숨에 제압하기 위함일 뿐이었다.

그런데 이 상황은 뭐란 말인가.

제압은커녕, 오히려 상대의 힘에 휘둘리고 있지 않은가!

아니, 휘둘리는 수준이 아니라 위태로운 수준이다.

이러다가는 자신들이 저 새로운 마교의 교주라고 하는

용민에게 당할 수도 있겠다는 생각이 일기 시작했다.

이런 상황은 이곳에 오면서 단 한 번도 생각해 본 적도 없다. 이런 악몽 같은 일이 벌어지리라고는.

그랬다.

이들에게 이 상황은 악몽이었다.

삼황오제, 무림맹주, 사도련주, 십이존자, 전대의 초고수들.

이들 하나하나가 모두 세상을 경천동지할 만한 거인이며, 능력자들이거늘, 협공이라니.

아니, 체면을 저버리고 협공을 하고 있음에도 밀리는 꼴이라니.

이건 있을 수 없는 일인 것이다.

이들은 자신들이 대체 왜 이런 상황까지 오게 된 것인지 도무지 이해할 수 없었다.

그들의 시선이 하나둘 용민과 아르테미온을 번갈아 가며 살피기 시작했다.

8장

飲影徒隨我身暫伴月將影行樂須及春我歌月徘徊我舞

酒酒星不在天地若不愛酒地應無酒泉天地既愛酒愛

道一斗合自然但得酒中趣勿醒者傳三月咸陽城千花畫

萬事回難審醉後失天地兀然就孤枕不知有吾身此樂

酒酣心自開辭栗臥首陽屢空飢顏回當代不樂飲虛

1

"……."

용민의 눈빛이 바뀌었다.

자신과 맞서던 상대들의 분위기가 변한 것을 느낄 수 있었기 때문이다.

분위기의 변화.

적의가 사라진 것은 아니지만, 최소한 자신들이 상대하는 자신에 대해 의문을 갖게 되었다는 것을 뜻했다.

'저자는 왜 우리들에 맞서서 싸우고 있는가?' 정도는 고민하게 되었다 이 말이다.

그 말은 부정은 할지언정 최소한 대화는 나눌 수 있게

되었다는 뜻이기도 했다.

이게 무인들의 단점이다.

그냥 들어줄 수 있는 이야기임에도, 우선 쓰러트리거나 꿇린 다음에 대화를 시도하려는 것 말이다.

이긴 후에 대답을 들어도 늦지 않는다고 생각하는 탓이다.

물론 그런 생각은 용민도 마찬가지긴 하다.

용민도 무인이니 말이다.

입 아프게 말해서 뭐할 것인가, 어차피 몇 대 맞고 아프면 술술 불거나 허리를 굽힐 텐데 말이다.

그런데 지금은 그렇게 해서는 답이 없었다.

저들은 마교 장로들처럼 만만한 존재들이 아니었기 때문이다.

어찌 보면 팽팽하게 맞서고 있는 듯, 오히려 자신이 우세한 듯 보이지만, 체력적으로 지쳐가는 것이 느껴졌다.

물론 이길 자신은 있다.

하지만 용민으로서는 하늘이 언제 열릴지 알 수 없는 급박한, 말 그대로 일 분 일 초가 아쉬운 현 상황에 저들을 밀어붙이고 이어 아르테미온과 승부를 내는 것은 부담이 아닐 수 없었다.

무엇보다 하늘이 열린 후 생길 일이 문제였다.

어떤 상황이 어떻게 벌어질지 모르는 판국이다.

파괴신이 대체 어떤 놈인지는 모르겠지만, 군단을 이끌고 나올 수도 있는 것이다.

만약 저들이 그 군단에 맞서는 전력이 되어 준다면?

그것보다 좋은 일이 어디에 있겠는가.

지금 자신이 하려는 말이 저들 모두에게 통하지 않을 것임은 안다.

하나 최소한 몇 명만이라도 흔들려 준다면, 그것만으로도 충분한 효과를 보는 것이다.

물론 쉽지 않은 일이다.

저들이 말을 듣지 않기 때문이 아니다.

저들의 눈과 귀를 흐리는 존재들이 있어서였다.

무인들이 단 한 번의 패배로, 누군가에게 숙이고 들어간다?

있을 수 없는 일이다.

물론 몇몇은 그럴 수도 있다.

어떤 가치관을 가지냐에 따라 우선순위가 다를 수밖에 없으니까.

하지만 이들 모두가 그럴 거라고는 생각할 수 없는 일이다.

모든 사람들이 다 같은 생각을 하고 살지는 않기 때문이다.

저들은 여기 왜 모두 모여 있는가?

누군가가 상황을 만들며 저들을 설득한 결과가 바로 지금의 상황일 것이다.

아르테미온이 설득을 했을까?

아니, 그렇지 않을 것이다.

절대적인 힘으로 저들의 위에 서려는 아르테미온이 설득 따위의, 자신의 가치를 낮추는 일을 할 리가 없다.

그렇다면?

다른 누군가가 저들을 설득했으리라.

그 주축원이 누군지 명확히 알 수는 없지만, 어떤 존재들인지는 이름은 떠올릴 수 있었다.

그들이 저들의 눈과 귀를 흐렸을 것이다.

화룡, 수룡, 토룡, 뇌룡, 마룡.

화룡은 철혈혈보 소율모였으니, 지금 저들 중에 아르테미온의 완전한 심복인 수룡, 토룡, 뇌룡, 마룡 네 명이 남아 있으리라.

그들이 열심히 입을 놀려 다른 이들을 조종하고 있을 것이다.

그들이 누군지 또한 대충 짐작이 가긴 했다.

강함보다는 무공의 특성과 아르테미온에 대한 충성도에 맞춰 이름을 하사했을 테니까.

예를 들어 소율모는 불의 기운이 담긴 무공을 사용하는데, 그것이 화룡이라는 이름을 얻게 되는데 크게 작용했을 확률이 높았다.

'그것을 토대로 생각해 봤을 때, 나머지 용 네 마리는…….'

몇몇에 꽂히던 용민의 날카로운 시선은 곧 순식간에 거둬졌다.

저들이 괜한 경계를 하도록 여지를 줄 필요는 없으니까.

용민이 단도직입적으로 말문을 열었다.

"그대들은 어째서 이 세상을 파괴하려는 것이오?"

그 말에 상대 쪽에 있는 이들의 분위기가 써늘해졌다.

십이존자에 속한 조극신무 진위향이 불쾌한 목소리를 흘렸다.

"무슨 개소리냐!"

용민이 진위향을 보며 말했다.

"그렇지 않다면 왜 아르테미온을 따르는 것이오?"

"따르긴 누가 따른다는 것이냐!"

"그대들 말이오. 아르테미온을 따르는 것이 아니라면 어찌하여 저자의 부름에 이 자리에 나온 것이오?"

용민은 자신의 질문이 끝나기 무섭게, 많은 갈등이 진위향 그의 눈빛 속에서 오가는 것을 볼 수 있었다.

뭔가 직감을 한 용민이 자신의 질문에 이어 다시 질문했다.

"무슨 일이오? 혹시 저자에게 약점이라도 잡혔소?"

"시끄럽다!"

"약점이 아니라면, 가족이라도 인질로 잡힌 것이오?"

용민의 그 말에 몇몇 고수들이 자신들도 모르게 민감한 반응을 보였다.

그때, 지켜보고 있던 무림맹주 백우현이 소리쳤다.

"개소리 지껄이지 마라! 영웅들이여, 절대 마교도의 수에 놀아나서는 아니 되오!"

용민은 확신할 수 있었다.

무림맹주 백우현, 그가 바로 뇌룡이다.

뇌전무적검으로 유명한 그가 아니던가.

용민이 혼잣말처럼 한마디 흘렸다.

"그대가 뇌룡이군."

그 말에 백우현이 흠칫 놀랐고, 주변 고수들이 백우현을 돌아보았다.

그들의 눈빛을 보니 뇌룡이 백우현인 것은 전혀 몰랐던 듯하지만, 뇌룡이라는 이름은 알고들 있는 것 같았다.

백우현이 다급히 부정했다.

"무슨 소리냐! 누가 뇌룡이라는 것이냐!"

"강한 부정은 강한 긍정이라 하던가? 그렇게 부정하는 것을 보니 더 뇌룡 같은데?"

"이 녀석! 하찮은 마교도 놈 주제에 사람을 농락하다니!"

백우현이 이를 악물고는 눈이 뒤집힌 모습으로 달려들었다.

파칙! 파치칫!

백우현의 검이 뇌기를 가득 품은 채 용민의 정수리를 노리고 내리쳐 왔다.

용민이 무현으로 반원을 그리며 백우현의 검을 튕겨내자, 백우현이 공중에서 몸을 두 바퀴 돌린 뒤 검을 곧게 찔러 넣었다.

파팟!

용민은 상체를 뒤로 넘기며 백우현의 검을 흘렸고, 무현으로 상대의 검을 밀어내며 아직 허공에 떠 있는 백우현을 어깨로 쳤다.

퉁!

백우현의 몸이 뒤로 튕겨 날아갔다.

하지만 허공에서 중심을 잡은 백우현은 허공답보의 수로 발로 허공을 격한 후, 다시 용민을 향해 날아갔다.

"청룡뇌신검!"

순간, 백우현의 전신이 벼락 그 자체가 되어 용민을 공격했다.

살겠다고 하는 공격이 아니다.

동귀어진을 목표로 날아드는 공격이었다.

이런 공격은 피하는 것이 상책이었다.

하지만 용민은 비릿하게 웃으며 못 박힌 듯 자리했고, 그 용민의 앞에 무현이 우뚝 섰다.

천애의 첨탑과도 같이 거대한 존재감을 드러낸 무현은 그대로 백우현의 청룡뇌신검에 맞섰다.

콰르르릉! 쿠궁!

"죽어라아아앗!"

백우현이 외침에 용민이 무현을 휘둘렀다.

"혈마일검, 적."

용민의 무현과 백우현의 청룡뇌신검이 충돌했다.

거대한 기의 충돌이 일어났고, 사람들은 곧 일어날 후폭풍에 긴장했다.

하지만 아무런 일도 일어나지 않았다.

마치 무슨 일이 있었냐는 듯 산들바람조차 일지 않았다.

그러나 정말로 아무런 일도 없지는 않았다.

조금 전 뇌전과 같이 강맹한 기운으로 용민을 향해 날아가던 백우현이 날이 사라진 검을 들고 용민 앞에 무릎을 꿇고 있었기 때문이다.

"끄… 흑……."

백우현은 허파의 공기를 쥐어짜듯 신음을 흘리더니, 눈

을 감았다.

그때까지도 쥐여 있던 검이 그제야 손에서부터 미끄러져 땅에 떨어졌다.

숨을 거둔 것이다.

용민은 백우현의 시체를 놔두고 옆으로 돌아 걸어 나와, 다시 말문을 열었다.

"아직 토룡과 수룡과 마룡이 남았나? 아니지. 마룡은 저기 쓰러져 있는 곽대봉이었을 테니, 토룡과 수룡이 남았겠군. 덤비겠나? 권황 진구, 멸제 사철웅?"

용민의 말에 고수들의 시선이 권황 진구와 멸제 사철웅을 향했다.

그 둘은 창백해진 시선으로 용민을 보았고, 권황 진구가 입을 열었다.

"어떻게 알았지?"

"주변을 봐. 나만 안 게 아닌 것 같은데?"

다른 고수들의 눈빛에 '그럴 리가!' 라는 경악이 아닌 '역시 그랬나' 에 가까운 감정들이 담겨 있었다.

"덤빌 텐가?"

"뭐, 상황을 봐서. 나는 흐름을 타는 입장이거든. 멸제 저 친구는 모르겠지만."

"이런 배신자!"

멸제 사철웅은 다른 이름으로 장강어옹이라 불린다.

그 칭호에 걸맞게 사철웅이 날카롭게 낚싯대를 휘두르며 권황 진구를 향해 달려들었다.

권황 진구는 몸을 뒤로 빼며 사철웅의 공격을 피했고, 사철웅은 다른 고수들 틈 사이로 몸을 날린 진구를 찢어 죽일 듯한 눈빛으로 노려본 후, 하늘을 올려다보았다.

하늘에서 지금 막 아르테미온이 네 번째 빛의 기둥을 완성한 후, 다섯 번째 기둥을 만들 준비를 하고 있었다.

그는 지금 땅의 상황을 전혀 파악하지 못하고 있는 듯 보였다.

아니, 아예 관심이 없는 것 같았다.

상황을 잘 알 수는 없어도 그가 자신을 도와주지 못한다는 사실은 분명했다.

그럼에도 사철웅은 그에게 배신감 어린 눈빛이 아닌, 끝까지 함께하지 못해 미안하다는 눈빛을 던지고 있었다.

그도 뭔가 사정이 있던 것이다.

'애린아. 건강하고 행복하거라. 할애비가 더 곁에 있어주지 못해 미안하구나.'

오랜 불치병으로 병석에 있던 손녀 애린.

자신을 일수에 꺾고 사철웅의 세상의 전부인 애린을 구해준 아르테미온.

방긋 웃으며 당과를 먹고 있는 얼굴을 떠올린 사철웅은, 머릿속 손녀의 미소처럼 빙긋 웃은 후 용민을 향해 달려들었다.

2

털썩.

사철웅의 마른 몸이 바닥에 쓰러지기까지는 생각보다
오랜 시간이 걸렸다.

용민은 싸늘한 시선으로 사철웅의 사체를 내려다보았
다.

사철웅을 빨리 처리하고 싶었지만, 생각 외로 그를 상
대하는 것이 상당히 번거로웠다.

따지고 보면 그럴 수밖에 없었다.

사철웅은 용민을 이기기 위해 덤벼든 것이 아니라, 시
간을 최대한 끌기 위해 덤벼들었기 때문이다.

조금이라도 고수들을 향한 용민의 말문을 더 늦추기 위
해 말이다.

그의 바람은 성공했다.

어느덧 하늘에는 네 번째 빛의 기둥이 완성되었던 것이
다.

그것을 목격한 용민의 마음이 조급해졌다.

그냥 하늘로 몸을 날리고 싶었지만, 저들을 설득하지
못한다면 자신이 몸을 하늘로 날리는 것이 의미가 없어질 수도 있었다.

다행스럽게도 눈치가 없는 이들이 아니기에 사철웅의 죽음을 시작으로 사람들은 용민의 말에 귀를 기울이고 있었다.

저들도 하늘 위에 생성된 빛의 기둥과 그려지고 있는 선들의 정체에 불안감을 가지게 된 탓이었다.

용민은 짧은 시간 동안 자신이 알게 된 사실만을 전달했다.

하지만 용민의 이야기를 들은 대부분은 부정적인 반응을 보여주었다.

자신들이 상인이라고 따랐던 저자가 자신의 세상을 구하기 위해 파괴신을 이 세상으로 끌어오려고 한다는 말을 어떻게 믿을 수 있겠는가.

그들이 한마디씩 던졌다.

"세상을 파괴하는 파괴신이라니?"

"그게 말이 된다고 생각하는가?"

용민에게 말을 하고는 있었지만, 느낌은 자문하는 것에 가까웠다.

정말 그런 일이 있을 수 있는지에 대해 고민하는 것 말이다.

용민이 답변했다.

"상인이라 스스로 칭한 아르테미온이 그대들을 어떻게

현혹했는지도 알고 있다. 이 난잡한 세상의 평화를 위해 악을 무찌르고, 정화된 세상을 그대들에게 나눠주겠다고 했겠지. 아닌가?"

용민의 말에 고수들이 술렁이기 시작했다.

모두 맞았다고 할 수는 없지만, 이야기의 핵심을 관통하고 있었기 때문이다.

"그러나 그런 자가 가족 혹은 지인들을 인질 삼아 그대들을 이용코자 했다. 그것이 선인가? 그런 자를 그대들은 믿을 수 있는가?"

"세상이 어지럽고 더러운 것은 맞지 않은가?"

용민의 질문에 삼황오제 중 봉황이 되묻는다.

봉황은 봉을 사용하는 자로, 원래 소림사 출신이었으나 파계하여 속세로 나온 과거를 지닌 자였다.

"물론 그렇게 볼 수도 있지. 굳이 부정하지는 않겠다. 그렇다고 벌레 하나 잡고자 초가삼간 다 태우자 이말 인가? 멀쩡한 집안 살림 다 날리면서까지?"

"그건… 아니다."

"아니긴. 지금 그대들이 하고 있는 게 그거 아닌가. 지금 아르테미온 저자는 악한 사람들만 처리하는 것이 아니라, 이 세상을 아예 소멸시키려 하고 있다. 선한 자들이 행복하게 살기를 원한다고? 가족들이 안전하게 살기를 원한다고? 세상이 없어졌는데, 그 선한 자들과 가족들이 어디서 어떻게 뭘 하면서 행복하게 살 수 있다고 생각하는 것인가?"

그때, 권황 진구가 말문을 열었다.

"상인은 자신을 따르면, 따르는 자들의 식솔들을 자신의 세상으로 함께 데리고 가주겠다 약속했다."

그 말에 용민의 표정이 싸늘하게 굳었다.

하지만 용민보다 먼저 말문을 연 것은 다른 사람이었다.

그는 암제 송태균이었다.

"권황, 그 말은 그대는 파괴신이 강림하여 이 세상을 파괴할 것이란 사실을 애초부터 알고 있었다는 뜻인가?"

"그렇다."

"그럼 저 마교의 악마가 하는 말이 전부 사실이라는 것인가?"

"뭐? 지금 나보고 악마라고 한 거냐?"

용민이 욱하는 표정으로 되물었지만, 누구 하나 용민의 말에 신경 쓰지 않았다.

그냥 자신들끼리 나누는 이야기를 이어 나갈 뿐.

권황이 말했다.

"내가 들은 바로는 사실에 가깝다. 나를 비롯한 화룡, 수룡, 뇌룡과 마룡은 이미 알고 있는 사실이었지. 아마 확실치는 않아도 그대들 중에서도 몇몇은 알고 있었을 텐데? 아닌가?"

아예 모든 정보로부터 차단되어 있던 몇몇은 놀란 시선으로 함께 자리한 동료들의 얼굴을 하나하나 훑었다.

그리고 확실히 깨닫게 되었다.

누가 그 이야기를 알고 있고, 모르고 있는지를 말이다.

고수들 연합 속에서 배신감과 분노와 살기가 하나둘 피어오르기 시작했다.

암제 송태균이 다시 질문했다.

"지금 왜 그 사실을 밝히는 거지? 그대도 가족의 생명이 담보로 잡혀 있을 것 아닌가?"

"아, 난 가족이 없어."

"그럼 어째서 어떻게 토룡이 되었는가?"

"별거 없어. 단지 재밌을 것 같아서 참여했을 뿐이거든. 딱히 반대할 이유도 없었고."

"지금은 왜 돌아섰지?"

"지금은 이렇게 하는 게 더 재밌을 것 같거든. 한 번 사는 인생 재밌게 살아야 하지 않겠어?"

용민이 피식 웃으며 말했다.

"성격 한 번 희한하구만."

용민의 말에 권황은 어깨를 으쓱했다.

어쨌거나 의도치 않은 권황의 개입으로 용민이 원하는 분위기가 형성되었다.

전체적인 상황을 몰랐던 이들은 세상이 사라진다면 인질에 끌려 다니는 것이 의미 없음을 깨닫게 되었고, 상황을 알고 있었다 해도 이 세상이 사라지는 것을 원하는 이들은 많지 않았다.

다만 아르테미온의 압도적인 힘에 눌려 여기까지 오게 되었을 뿐.

용민이 생각했다.

'이제 여기는 신경 쓰지 않아도 되는 건가?'

자신들끼리 생각하고 대화하며 답을 내릴 분위기가 만들어졌다.

분위기를 보건대 더 이상 아르테미온의 장난질에 이끌리지 않겠다는 의중이 솔솔 풍겨왔다.

용민은 그 자리에 있을 의미가 사라졌다.

이제 서둘러 결판을 내야 할 때였다.

아르테미온의 계략을 엎어야 했다.

하늘을 보니 아직 시간이 남은 듯 보였다.

빛의 기둥을 만드는 데 평균적으로 약 한 시간이 소요되고 있었다.

그렇다면 지금 만들고 있는 마지막 다섯 번째 기둥이 완성되기까지는 아직 한 식경 정도의 시간적 여유가 있었다.

물론 여유라는 단어를 사용할 상황은 아니었지만, 어쨌

거나 그 정도 시간이라면 아르테미온의 수작을 엎는 데 큰 무리가 없다.

그래도 서두를 필요가 있는 건 사실이다.

아르테미온의 위치를 확인한 용민이 바닥을 박찼다.

투웅! 텅! 투웅!

궁신탄영의 묘와 허공답보의 묘를 섞어 수 번의 도움닫기를 하며, 바람을 가르는 화살과도 같은 속도로 하늘을 날아올랐다.

한참을 날아오르던 용민은 무현을 고쳐 쥐고 내기를 불어 넣었다.

웅웅웅!

곧 무현의 날에 짙은 푸른 빛이 맺혔다.

이제 조금만 더 날아가면 아르테미온의 바로 아래에 당도하게 될 상황이었다.

그러나 용민은 아르테미온에게 도달하기 한참 전임에도 허공에다 강기를 두른 무현을 내리그었다.

써억!

분명 아무것도 없는 빈 하늘이었지만, 어째서인지 무현이 내리그어진 직후 엄청난 변화가 일어났다.

감히 상상도 할 수 없는 음습한 기운이 하늘에서 폭발하듯 세상 밖으로 퍼져 나오기 시작한 것이었다.

그 정체불명의 기운에 지상에 있던 모든 무인들과 감이

좋은 일반인들이 놀라 하늘을 올려다보았다.

뭐가 뭔지 모르겠지만, 문제가 생겼다는 사실만은 확실히 알 수 있었다.

무현과 고수들의 소란스러운 충돌 속에서도 끝까지 병장기를 놓지 않고 싸우던 병사들과 무인들마저 검병을 늘어트리고 하늘을 올려다볼 정도였다.

"아르테미온!"

용민의 외침에 창백해진 안색의 아르테미온이 고개를 돌리곤 씨익 웃었다.

용민이 자신의 바로 아래까지 쫓아온 것을 봤기 때문이 아니었다.

뭔가 목표를 이루고 만족해하는 그런 미소였다.

용민의 가슴속에서 불안감이 피어올랐다.

"설마!"

나지막이 흘러나오는 부정적인 목소리에 아르테미온이 용민을 향해 손바닥을 펼쳐 보이며 말했다.

"넌 늦었어."

"뭐?"

순간, 아르테미온의 손바닥에서 거대한 빛의 화살 다섯 발이 회전하기 시작했고, 하나둘 대기를 가르며 용민에게 날아오기 시작했다.

예의 그 매직 애로우라는 수법이다.

퓽퓽퓽퓽퓽!

눈동자가 붉게 충혈된 용민이 무현을 휘둘렀다.

무현은 자신의 능력을 마음껏 뽐내며 매직 애로우를 깔끔하게 공중분해시켰다.

퍼펑! 펑펑펑! 펑!

마지막 매직 애로우를 박살 내고 다시 허공을 발판 삼아 뛰어올랐을 때, 아르테미온이 허탈한 목소리로 말했다.

"이제 모두 끝났다."

"무슨 개소리냐!"

용민의 외침이 끝나기 무섭게 순간, 엄청난 섬광이 눈앞에서 터져 나왔다.

파칭!

"크홋!"

그것은 아르테미온이 쏘아낸 마법이 아니었다.

흐릿한 빛을 뿜어내던 다섯 번째 빛의 기둥이 강력한 빛을 터트리며 만들어낸 현상이었다.

그 빛이 얼마나 강렬한지, 한동안 세상이 빛으로 인해 아무것도 보이지 않을 정도였다.

그러나 용민은 아무것도 보이지 않는 상황 속에서도 빛의 기둥을 향해 자신의 강기를 쏘았다.

하지만 감감무소식.

용민의 강기는 빛의 기둥에 소멸되고 말았다.

보이지 않아도 알 수 있었다.

자신이 날린 강기가 어떻게 소멸되었는지 말이다.

절망에 가까운 상실감에 용민의 뇌는 잠시 사고를 멈추었다.

그때, 빛 저 멀리에서 아르테미온의 환희에 찬 목소리가 들려왔다.

"이 세상의 파괴를 끝으로 파괴신은 다시 영겁에 가까운 긴 수면에 들어가게 될 것이다! 크하하하하!"

3

"뭐, 뭐가 어떻게 돌아가고 있는 거야?"

"하늘이 왜 저래?"

<u>고오오오오오!</u>

쿠르르르릉!

하늘에서 거대한 소용돌이가 치기 시작한다.

주변에 깔려 있던 구름들이 그 소용돌이에 휘말려 빨려 들어가고, 곧이어 빛조차 그 속으로 빨려 들어갔다. 조금 전까지만 해도 빛으로 인해 한 치 앞도 보이지 않았던 세상이 이번에는 반대로 어두컴컴해졌다.

그렇다고 저녁이 된 것은 아니다.

저 멀리 경계 너머 밝은 빛이 내리고 있는 것이 시야에 들어왔으니 말이다.

더군다나 여전히 빛의 기둥 다섯 개가 보란 듯이 서 있는데, 문제는 그럼에도 이곳이 어둡다는 점이었다.

그렇게 얼마나 지났을까?

빛의 기둥이 서서히 벌어지더니 사방으로 기울어지기 시작했다.

이윽고 다섯 개의 섬광은 저 멀리 지평선 너머까지 뻗어 나갔다.

그와 동시에 빛의 기둥 사이에 생성된 거대한 소용돌이가 더욱 커지고, 거세졌다.

그러다 한순간, 소용돌이가 사라졌다.

고요함을 넘어 적막감이 어둠처럼 내리던 바로 그때, 다시 하늘이 환해졌다.

사람들은 어안이 벙벙한 표정으로 하늘을 올려다보다가 이상한 것을 발견했다.

착시인지 모르겠지만, 하늘 한가운데에 금이 간 것처럼 보였던 것이다.

"저게 뭐지? 하늘에 금이 간 것 같은데?"

"금이라고?"

사람들이 한마디씩 술렁이며 하늘을 올려다보았다.

그렇게 얼마나 되었을까?

하늘에 금이 서서히 늘어나고 있었다.

마치 충격으로 깨진 계란 껍데기처럼 사방에 금이 갔다. 그리고 그 금은 서서히 벌어지고 있었다.

지진으로 땅이 갈라지는 것처럼, 아무것도 없는 하늘에서 그와 비슷한 현상이 일어나고 있었던 것이다.

지상의 사람들은 적아를 따지지 않고 모두 입을 벌린 채 하늘에서 벌어지고 있는 기사(奇事)를 지켜보았다.

그러던 어느 순간 사람들이 동시다발적으로 의아한 표정을 지었다.

"어라?"

"자네 들었나?"

"자네도 들었어?"

"뭔가 이상한 소리가 지금 하늘에서 들리는 것 맞지?"

"응? 지금은 안 들리네? 착각이었나?"

잠시 소리가 멈췄지만, 곧 다시 들리기 시작했다.

꾸드득. 꾸드득. 꾸드득 꾸드득.

조금 전보다 더욱 선명하고 가깝게 들렸다.

"아냐. 잠깐 안 들렸던 건 맞지만, 지금 다시 들리는데?"

"그러네? 대체 지금 하늘에서 무슨 일이 벌어지고 있는 거지?"

사람들은 자신들의 검병을 고쳐 잡은 채 두려움 반 호기심 반이 섞인 눈빛으로 자리를 지키고 서 있었다.

하늘에 생겨난 금이 계란 껍데기 벗겨지듯 모두 벌어지자, 환한 하늘에 검은 공간이 모습을 드러냈다.

아무리 봐도 수상하고 사이한 공간이 아닐 수 없었다.

마치 또 다른 공간이 이 세상에 아가리를 벌린 것 같은 모습이었다.

그 공간에서 들리는 이상한 굉음은 더욱 커졌다.

꾸드득! 꾸드득! 꾸드드드득! 꾸득꾸득!

그것을 지켜보고 있던 아르테미온이 광기 어린 미소를 지으며 소리쳤다.

"어서 오라! 파괴신이여!"

용민이 이를 갈며 멀리서 방어벽을 첩첩히 두른 채 미운 짓만 골라서 하고 있는 아르테미온을 노려보았다.

아르테미온을 어떻게든 처리해야 한다는 사실을 알고 있었지만, 이미 그와 붙어본 용민으로서는 어떤 괴물이 저 구멍을 통해 튀어나올지 모르는 입장에서 힘을 빼고 있을 수는 없었다.

이미 차원의 벽이 열려 버린 상황에 다른 수는 없었다.

녀석을 어떤 수를 써서라도 물리쳐서 돌려보내야 하는데, 그러지 못한다면 당면한 미래는 뻔했다.

세상은 파멸할 것이다.

이쯤 되자 용민은 파괴신이라는 놈이 어떻게 생겼나 궁금했다.

아르테미온 녀석도 파괴신이 어떻게 생겼는지 모르는 듯, 용민과 비슷한 두려움과 호기심이 어린 표정으로 검은 공간을 주시하는 중이었다.

잔뜩 긴장한 표정으로 구멍을 주시하고 있는데, 갑자기 그 검은 구멍에서 붉은 불빛이 일렁이더니 순간 거대한 불길이 뿜어져 나왔다.

화르르르륵!

"크흣!"

말도 안 되는 열기에 놀란 용민이 호신기를 일으키며 뒤로 물러섰다.

그 불길은 지상까지 뿜어졌다.

용민도 감당하기 힘든 열기였다.

지상에 있던 사람들은 예상치 못한 불벼락을 맞고 그대로 타죽고 말았다.

얼마나 죽었는지 확인할 방법이 없었다.

재도 남지 않고 모두 타버린 탓이다.

쇠로 된 장비는 쇳물이 되고, 불에 직격당한 땅은 용암이 되어 펄펄 끓기 시작했다.

좀 더 먼 곳에 위치해 있던 이들은 화상을 입은 채 일그러진 피부를 부여잡으며 비명을 질러댔고, 거리가 더 벌어져 있어 무사한 이들은 뒤도 돌아보지 않고 도망치기 시작했다.

"으아아아아악! 아아아악! 내 몸! 내 몸!"

"사람 살려!"

"불비가 내린다! 하늘이 노하셨다!"

아비규환이 따로 없었다.

조금 전까지 용민과 맞서던 무림의 초고수들도 얼어붙은 채 하늘을 올려다보았다.

설마설마했는데, 정말 용민의 말대로 상황이 흘러가고 있었기 때문이다.

바로 그때, 하늘에 뚫린 그 검은 구멍 안에서 뭔가가 모습을 드러냈다.

용민은 그것을 보고 인상을 구겼다.

"저게 대체 뭐야?"

그것은 비단 용민만의 상황이 아니었다.

하늘을 올려다보고 있는 모든 사람들이 같은 생각을 하고 있었으니 말이다.

아르테미온도 반응은 동일했다.

하늘에 뚫린 큰 구멍에서 모습을 드러낸 것은 거대한 애벌레 같은 것이었다.

거대한 칼날처럼 날카롭게 생긴 주둥이가 연신 좌우로 열렸다, 닫혔다하며 위협적인 모습을 보여주었다.

좋게 말해 애벌레지, 용민의 눈에는 구더기처럼 보였다.

그 구더기 같은 것이 구멍에서 꿈틀거리며, 조금씩 거대한 몸을 세상 속으로 밀어내고 있었다.

그 구더기는 커도 너무 컸다.

몸에 듬성듬성 잔털마냥 나 있는 털 한 자락조차 일반 사람보다 크고 길며 두터웠다.

몸이 수축되었다가 펴지면서 조금씩 몸이 밀려 나오는데, 그때마다 꾸드득거리는 소리가 흘러나왔다.

용민은 아르테미온을 돌아보았다.

용민의 시선을 받은 아르테미온도 황당한 표정을 짓고 있었다.

"저게 파괴신이라고?"

아르테미온이 고개를 가로저으며 대답했다.

"나도 모르겠다."

"네가 모르면 누가 알아! 네 녀석이 이곳으로 저 괴물을 불러낸 거잖아!"

"우리 차원으로 넘어가려는 것을 돌렸을 뿐이다. 나도 본체는 지금 처음 본다."

"젠장!"

용민은 지체하지 않고 무현을 강하게 꼬나 잡은 후 내기를 밀어넣었다.

더 이상 고민하고 있을 시간이 없었다.

어쨌거나 저것이 위험한 존재임은 틀리지 않다.

그 말은 자신은 어떻게든 저것을 물리쳐야 한다는 것이다.

푸른 강기를 듬뿍 머금은 무현이 횡소천군의 수로 휘둘러 졌다.

무현의 날 형태를 띠고 있는 반원의 강기 덩어리가 파괴신이라는 구더기 녀석을 향해 날아갔다.

그 강맹한 기운은 구더기를 단번에 절반으로 자를 듯 보였다.

하지만.

"어라?"

용민은 어이없는 표정을 지을 수밖에 없었다.

자신이 날린 강기 덩어리가 구더기의 몸을 갈랐다고 생각한 순간, 그대로 스며들어 버렸기 때문이다.

그냥 자신의 강기를 흡수라도 한 것처럼 말이다.

그때였다.

구더기 녀석의 몸이 경직되듯 멈춘 것이다.

용민은 긴장한 표정으로 구더기 녀석을 올려다보았다.

그리고 순간, 소름이 오싹 돋았다.

구더기 녀석의 전신 곳곳에서 입이 벌어지듯 피부가 쩍쩍 벌어지더니 그 속에서 수천여 개의 눈동자가 모습을 드러낸 것이다.

9장

飲影徒隨我身暫伴月將影行樂須及春我歌月徘徊我無
酒酒星不在天地若不愛酒　地應無酒泉天地既愛酒愛
道一斗合自然但得酒中趣勿醒者傳三月咸陽城千花晝
萬事固難審醉後失天地兀然就孤枕不知有吾身　此樂
滴酣心自開辭粟臥首陽　屢空飢顏回當代不樂飲虛名

1

"눈?"

갑자기 생겨난 눈동자들은 주변을 살피듯 데굴데굴 굴러다녔다.

그러곤 곧 일제히 용민을 향해 눈동자가 모여들었다.

용민은 자신을 노려보는 눈동자들을 보고 소름이 돋았다.

"뭐 저런 게 다 있지?"

눈동자들이 꿈뻑거리며 용민을 연신 주시했는데, 마치 '네가 나를 공격했냐?' 라고 말하는 듯했다.

그러곤 슬쩍 꿈틀거리며 그대로 입을 용민 쪽으로 돌

렸다.

녀석의 입이 쩌억 벌어진다.

"냄새나, 이 새끼야!"

용민은 더 이상 참지 못하고 기운을 끌어 올려 구더기를 닮은 파괴신을 향해 미친 듯이 강기를 퍼부었다.

후웅! 훙! 훙! 훙! 훙!

덩치가 워낙 크다 보니 도저히 빗나갈 수가 없다.

문제는 이번에도 구더기의 몸이 용민의 강기를 그대로 흡수하는 것에 있다는 점이었다.

용민은 인상을 구기며 몸을 뒤로 뺐다.

어떻게 싸워야 할지 도저히 감이 오지 않았기 때문이다.

다가간다고 어떻게 할 수 있는 것도 없고 말이다.

그런데 그때, 구더기가 몸을 부르르르 떨며 발광이라도 하듯 사정없이 꿈틀거리기 시작했다.

그것을 본 용민이 이런 생각을 했다.

"뭐야? 설마 공격이 통한 건가?"

아파서 꿈틀거리는 듯한 구더기의 모습이 얼핏 떠올랐지만, 크기가 워낙 거대하다 보니 녀석이 꿈틀거리는 모습이 주는 느낌은 위협적이고 위압적이었다.

그때, 녀석의 입이 좌우로 쩌억 벌어지더니 촉수들이 요란하게 튀어나와 퍼덕거렸고, 그 입에서 비명과 비슷한 것이 터져 나왔다.

"꾸오오오오오!"

거기서 끝이 아니었다.

녀석의 벌어진 입에서 연신 불길이 터져 나왔다.

화악!

화르르르르르르르!

조금 전 구멍에서 뿜어져 나왔던 불길과 동일한 느낌의 불길이었다.

문제가 있다면 조금 전에는 일직선으로 바다을 향해 날아가던 것이, 지금은 화염방사기마냥 사방으로 흩뿌려지고 있다는 사실이었다.

지상에서 도망치고 있거나, 충분히 떨어져 있다고 생각해서 지켜보고 있던 사람들이 대거 타 죽었다.

"으아악!"

"크악!"

비명은 오래 지속되지 않았다.

재도 남지 않고 타기까지 그리 오랜 시간이 걸리지 않았으니 말이다.

용민은 갈팡질팡했다.

도망친다고 답이 나오는 것도 아니고, 싸울 방법이 있는 것도 아니다 보니 이러지도 못하고 저러지도 못했다.

막막했다.

"아, 뭐 저런 게 다 있어!"

그때, 녀석의 꿈틀거림이 멈추고 눈동자들이 다시 용민을 쫓았다.

그러고는 용민을 노려서 불길을 쏘아대기 시작했다.

용민은 그 불길을 피했고, 피해낸 눈먼 불길들은 사방에서 폭죽처럼 터져 나갔다.

쾅! 쾅! 쾅!

용민은 이를 악물고 거리를 벌렸다.

애매하게 덤벼봐야 개죽음이 될 상황이었다.

그렇다고 도망치지도 못한다.

도망치고 싶은 마음이 굴뚝같았지만, 도망쳐 봐야 이 세상이 무너지면 어차피 끝 아니겠는가.

이왕 죽을 거라면 끝까지 버텨보자는 생각이 들었기에 그는 발길을 돌리지 않았다.

그 와중에도 불은 계속 날아왔다.

용민이 불을 피하면서 아르테미온을 돌아보며 소리쳤다.

"이 개자식아! 구경하니까 재밌냐!"

그 말에 아르테미온이 불편한 표정을 지으며 대답했다.

"구경하고 싶어서 구경하는 게 아니다."

"그럼 뭐야, 인마! 나랑 붙을 것도 아니면 그냥 꺼져!"

용민의 질문에 아르테미온이 절망 어린 목소리로 나직

하게 한마디 흘렸다.

"차원의 문이 열리지 않는다."

"뭐?"

"강력한 마기에 영향을 받고 있는 탓인지 차원의 문이 열리지 않고 있다."

그 말에 용민의 표정이 한결 밝아졌다.

용민이 놀리듯 말했다.

"큭큭큭큭큭. 그거 듣던 중 반가운 이야기네. 그럼 이대로 이 세상 멸망하면 같이 죽겠네? 쌤통이다."

아르테미온의 얼굴이 심각하게 굳었다. 용민의 말을 부정할 수 없었기 때문이다.

그것을 본 용민이 한마디 더했다.

"나의 금과옥조 같은 이야기가 모두 사실인 모양이지?"

"그렇다."

"큭큭. 솔직한 점은 좋군."

"나는 마법사다. 거짓말을 할 수 없지."

"잘났다. 그래서 그냥 이대로 죽을 생각이냐?"

아르테미온이 용민을 돌아보며 말했다.

"저번에 내가 너에게 뭔가 이야기를 꺼내려 했던 것을 기억하나?"

"그런 걸 기억하고 있어야 하나?"

"그건 별로 중요하진 않지. 다만 그때 나는 이런 말을 하고 싶었다.”

“무슨 말.”

“손을 잡고 파괴신을 물리치지 않겠냐고.”

용민이 자신을 노려보고 있는 구더기를 보며 말했다.

“저걸?”

“……”

“너랑 내가? 둘이? 하하하.”

“나도 저런 답이 안 나오는 괴물인지 몰랐다. 물론 차원이 다르게 강할 것이라고는 생각했지만, 마법의 극의를 깨달은 나와 그런 나에게 필적하는 힘을 지닌 네 녀석이라면 마신이라고 해도 물리칠 수 있을 거라고 판단했던 거지.”

“지금도 이길지 모른다는 그 판단이 유효한가.”

“아니.”

용민은 투덜거리며 정말이지 쓸데없을 정도로 솔직한 놈이라고 생각했다.

“그럼 어떻게 하지? 난 언제까지 이 불을 피해야 하지? 왜 나만 공격하는 거야?”

“뭘 어떻게 해야 할지는 나도 모르겠다. 다만 하나 확실한 것은 저 구더기가 너를 적으로 확정지은 것 같군.”

“나만 구더기로 보이는 것이 아니었군.”

“저건 누가 봐도 구더기지.”

"큭큭큭."

용민은 절체절명의 위협을 받는 와중에도 웃음을 터트렸다.

용민의 웃음을 들은 아르테미온도 입가에 슬쩍 미소를 머금었다.

그러곤 아르테미온이 자리를 잡으며 말했다.

"나도 맞서마. 같이 기회를 엿보자. 혼자보다는 낫겠지."

"뭐?"

용민은 아르테미온이 눈을 감고 뭔가 웅얼거리는 모습을 보며 흠칫 놀랐다.

말도 안 되는 기운이 아르테미온을 중심으로 모여들고 있었기 때문이었다.

그 기운을 구더기도 느낀 것일까?

용민에게 모두 쏠려 있던 녀석의 눈동자 절반이 아르테미온을 향했다.

바로 그때, 아르테미온의 손끝에서 거대한 파공음이 터지더니 말도 안 되는 불덩어리가 그의 100미터 앞에서 모습을 드러냈다.

"헬 파이어!"

아르테미온의 외침과 동시에 헬 파이어가 구더기를 향해 날아가기 시작했다.

고오오오오!

구더기 녀석이 내뿜는 불덩어리보다 더 크고 강력한 불덩어리였다.

구더기는 위협을 느꼈는지 용민에게 쏘던 불길을 자신에게 날아오고 있는 헬 파이어로 돌렸다.

하지만 헬 파이어는 전혀 약해지지 않고 그대로 구더기 앞까지 날아갔다.

그때, 아르테미온이 소리쳤다.

"익스플로젼!"

순간 헬 파이어가 구더기 앞에서 충돌하기 직전 거대한 불꽃을 터트리며 폭발했다.

쿠과과과과과광!

지상에서 살아남아 하늘을 올려다보던 이들이 환호성을 질렀다.

"됐다!"

"물리쳤어!"

"살았다!"

하지만 지상의 반응과 달리 용민과 아르테미온의 표정은 별로 좋지 못했다.

특히 아르테미온은 지쳤는지 숨까지 헐떡이고 있었다.

조금 전 마법에 얼마나 힘을 쏟아부었는지 말해주는 것 같았다.

그러나 용민은 경악했다. 잠시 후 연기가 걷히자, 구더기 녀석이 자신의 건재한 모습을 그대로 드러낸 것이다.

"헐, 설마설마했는데 그 공격이 씨알도 통하지 않은 거야?"

용민의 말에 아르테미온이 정확한 사실을 전달해 주었다.

"씨알 정도는 통한 거 같은데, 의미가 없나 보군."

"미치겠군. 그 정도 공격이 통하지 않으면 뭐가 통한다는 거지?"

구더기는 분노한 듯 아르테미온에게도 불 공격을 시도했다.

물론 순간 이동을 할 수 있는 아르테미온은 아무 문제 없이 그것을 피할 수 있었다.

다만 다른 문제가 생겼는데, 지상이 황폐해지고 있다는 점이었다.

쾅! 쾅! 콰과과광! 쾅!

"불비가 내린다! 모두 전장을 벗어나라! 살아라!"

"으악!"

구더기는 용민을 향한 공격도 계속하면서, 그만큼의 양을 또 아르테미온에게 쏘아내고 있었다.

대부분의 땅이 구더기가 쏘아낸 불길에 녹아버려 용암으로 뒤덮이기 시작했다.

"이런, 젠장! 어떻게 좀 해봐!"

"나라고 수가 있겠는가!"

"빌어먹을!"

용민은 죽어가는 사람들과 황폐해지는 대지를 보며 이를 악물었다.

그런데 그때, 변화가 생겼다.

갑자기 구더기가 불길을 토하는 것을 멈추고는 한참을 꾸드덕거리더니, 뚫려 있는 차원의 벽에 매달리듯 들러붙은 채 그대로 굳어버린 것이다.

의외의 상황에 용민과 아르테미온은 마른침을 삼키며 그 상황을 지켜보았다.

구더기의 매끈한 하얀 몸이 순간 갈색으로 변하기 시작했다.

그것이 무엇인지 모를 수 없었다.

"설마 번데기? 지금 변태를 하겠다는 거야? 뭐, 이런……."

용민의 말을 듣던 아르테미온이 냉정하게 말했다.

"지금 공격해 보자."

"지금?"

"녀석은 번데기로 변하면서 무방비 상태가 된 것으로 보인다. 그렇다면 지금 공격하면 답이 있을 수도 있어."

일리가 있는 말이었다.

둘은 망설임 없이 구더기, 아니, 번데기로 변한 파괴신을 향해 날아갔다.

그리고 인정사정없이 공격을 퍼붓기 시작했다.

"무형신검! 역천!"

용민의 검극에서 번개가 내리쳤다. 그 번개는 그대로 번데기를 향해 날아갔다.

콰과과과광!

"됐어! 효과가 있어!"

첫 번째 공격으로 효과를 확인한 용민은 무현을 마구 휘두르며 강기 덩어리도 날리고, 강환도 날리며 최대한 장거리 공격을 해 나갔다.

혹시 어떤 변수가 생길지 몰랐기 때문이다.

마법사인 아르테미온은 당연히 온갖 마법을 난사했다.

이번에는 공격이 통했다.

용민의 공격도 아르테미온의 공격도 모두 흔적을 남긴 것이다.

딱딱하게 굳은 번데기가 쩍쩍 갈라지며 액체가 사방으로 튀기 시작했다.

뭔가 답이 보이는 것 같았다.

그러나 그 기쁨도 잠시.

용민과 아르테미온이 공격을 거두고 다급하게 뒤로 몸을 날렸다.

공격을 받아서 터진 번데기 속에서 형용할 수 없는 거대한 존재감이 느껴지고 있었기 때문이다.

2

용민이 마른침을 삼켰다.

꿀꺽.

자신의 고막을 통해 들리는 그 소리가 얼마나 큰지 용민이 깜짝 놀랐다.

왠지 자신이 침 삼키는 소리를 세상 사람들이 모두 들었을 것만 같았다.

그만큼 용민이 긴장을 하고 있다는 뜻이다.

그 와중에 상처투성이의 번데기가 좌우로 쩌억 벌어졌다.

그 속에서 2미터 정도 크기의 사람으로 보이는 그림자가 모습을 드러냈다.

녀석이 바로 그 존재감의 주인공인 것 같았다.

용민과 아르테미온이 잔뜩 긴장한 채 그를 주시했고, 시선을 느낀 것일까?

녀석이 고개를 천천히 들어 올렸다.

움찔!

순간 용민은 숨이 턱 멎는 것만 같았다.

녀석과 눈이 마주쳤기 때문이다.

그때, 착각이었을까?

씨익.

녀석이 용민 자신을 보고 미소를 지은 듯한 기분이 들었다.

그와 동시에 녀석을 자신의 바로 앞에서 볼 수 있었다.

팟!

아르테미온이 보여준 순간 이동 같은 것임을 알 수 있었다.

다만 아르테미온은 기의 움직임을 느낄 수 있었지만, 눈앞의 존재는 그런 게 없었다. 그냥 순수하게 다리를 움직여 걸어온 것 같은 그런 느낌이었다.

용민과 아르테미온은 잔뜩 긴장한 표정으로 그를 노려보았다.

하지만 그는 편안한 표정으로 용민과 아르테미온을 내려다볼 뿐이었다.

그 모습은 정말이지 심장을 두근거리게 만들 정도로 아름다웠다.

저 징그러운 구더기로부터 나온 존재라고는 도저히 믿어지지도, 상상할 수도 없는 외견을 지니고 있었다.

아르테미온도 흠을 잡을 수 없는 외모건만, 그와 비교하면 한참 모자랐다.

그는 그냥 조각이었다.

그의 외모는 그를 천사라고 말해도 믿을 수 있을 것 같았다.

물론 단점도 있었다.

너무 비현실적인 외모를 가지고 있다 보니 이질감이 커서 오히려 사람으로 보이질 않았던 것이다.

그런 그가 입을 열었다.

"용민."

그 목소리에는 반가움이 듬뿍 묻어나 있었다.

용민과 아르테미온의 두 눈이 놀라 동그랗게 떠졌다.

파괴신이 그의 이름을 말할 줄 누가 상상이나 했겠는가? 그것도 저렇게 달가운 목소리로 말이다.

아르테미온이 혹시라도 아느냐는 의혹과 의문이 가득한 눈빛을 던졌다.

용민도 비슷한 생각으로 파괴신을 마주 보았다. 처음 보는 얼굴이 분명했다.

알고 있을 리 없지 않은가.

그런 용민의 표정을 이해했는지 파괴신은 곤혹스러운 표정을 지었다.

"나를 모르나?"

"처음 보는데."

그런 용민의 말에 그의 얼굴에 곤혹스러움을 넘어 분노가 어리기 시작했다.

순간 용민과 아르테미온이 다급히 몸을 뒤로 날렸다.

본능적인 반응이었다.

상상도 할 수 없는 압도적인 살의와 존재감.

용민과 아르테미온은 절망을 느낄 뿐이었다.

도저히 이길 수 없는 절대적인 벽을 마주한 기분이라고나 할까?

그가 혼잣말을 꺼냈다.

"어째서지? 아직 개화하기 전이란 말인가? 왜? 내가 너무 멀리 돌아온 것인가? 왜 이렇게 된 거지? 내 계산이 틀렸단 말인가?"

무슨 말을 하는지 도저히 알 수가 없었다.

그때, 혼잣말을 멈춘 그가 아르테미온을 향해 손을 뻗었다.

그러자 아르테미온이 무력하게 끌려가 그의 손아귀에 목이 잡히고 말았다.

"누구냐? 너는."

목이 잡힌 채 전신을 축 늘어트린 아르테미온이 힘겹게 대답했다.

"저는… 아르테미온입니다."

"아르테미온?"

"……."

짧은 적막 끝에 그가 천천히 입을 열었다.

"…처음 듣는 이름이다. 네 녀석이 누군데 이 자리에 있는가?"

"당신이야말로 누구십니까? 당신이 정말 파괴신이십니까? 쿨럭! 쿨럭!"

그의 눈썹이 꿈틀거렸다.

"파괴신……. 어째서 그대가 그 이름을 아는 거지?"

"신탁이 내려왔습니다. 쿨럭! 파괴신이 세상에 강림하여 우리에게 파멸을 안길 것이라는……."

"신탁?"

순간, 스스로를 파괴신으로 인정한 그의 얼굴이 보기 좋게 일그러졌다.

뭔가 감이 잡힌 듯한 표정이었다.

"그년이… 감히 나와 끝까지 싸우자 이건가!"

그때, 파괴신이 아르테미온의 목을 잡고 있던 손을 조였다.

"커컥! 컥컥컥!"

"네 녀석이구나. 나의 계획을 모조리 망친 그년의 하수인이."

"무, 무슨 말씀이신지 모르겠습니… 컥!"

"나는 이 세상에 오면 안 된다. 그런데 이 세상에 왔다는 것은 분명 네 녀석이 장난질을 쳤을 터."

순간, 아르테미온은 뭔가 불길한 생각이 들었다.

뭔가 자신이 속았을지도 모르겠다는 그런 생각 말이다.

"저, 저는……."

무엇인가 변명의 말을 하려던 아르테미온.

하지만 파괴신의 분노는 그런 변명을 들어주기에 너무 컸다.

"죽어라."

아르테미온의 목을 완전히 조이던 바로 그 순간, 용민이 무현을 휘둘렀다.

휘익!

파괴신은 무현의 공격을 가볍게 피했지만, 아르테미온을 놓칠 수밖에 없었다.

파괴신에게서 풀려난 아르테미온이 블링크를 여러 번 사용하여 최대한 멀리 자리를 벗어났다.

그러곤 용민에게 고맙다는 인사를 전달했다.

용민은 아무런 말도 할 수 없었다.

바짝 긴장한 표정으로 파괴신에게서 시선을 떼지 못하고 있었기 때문이다.

파괴신이 짜증 어린 모습을 보이며 말했다.

"아무리 용민이라고 해도 나에게 덤비며 건방을 떠는 것은 용서할 수 없다."

"용서 받을 생각 없으니 한판 붙어보자."

"지금 그 알량한 힘으로 나에게 덤비겠다는 말이냐?"

"알량한 힘이 얼마나 무서운지 가르쳐 주마."

그 말에 파괴신이 갑자기 파안대소를 하기 시작했다.

"크하하하하! 그래. 그래야 용민답지."

오히려 파괴신의 의외의 반응에 용민은 분노했다.

대체 자신을 어떻게, 뭘 안다고 저런 말을 하는지 성질이 났다.

그런데 어째서일까.

바짝 긴장하고 있던 것이 조금 풀린 것 같았다.

아마 분노가 이런 결과를 가져온 모양이었다.

파괴신이 그런 용민을 보며 말했다.

"크크, 그래. 이것도 어찌 보면 또 다른 유흥. 상대해 주마."

고오오오오오오!

쿠구구구구구구구구구!

용민과 파괴신의 주위로 기의 폭풍이 휘몰아치기 시작했다.

보통 사람이 근처에 온다면 그 기파에 휘말려 온몸이 갈가리 찢어지고 말 것이다.

그때, 파괴신의 주먹이 용민의 얼굴을 향해 날아왔다.

퍼버벅!

쿠쿵!

쿠르르르르르르!

용민의 신형이 그대로 날아가 바닥에 곤두박질을 쳤다.

고꾸라진 용민을 중심으로 구덩이가 생기며 흙먼지가 자옥하게 피어올랐다.

용민은 이를 악물고 자리에서 일어섰다.

한 방에 넝마가 된 용민의 옷.

용민은 거추장스러운지 너덜거리는 상의를 찢어 버렸다.

잘게 갈라져 꿈틀거리는 용민의 압축된 근육이 드러났다.

용민은 바닥을 박차고 뛰어올라 파괴신을 향해 달려들었다.

"으아아아아아아!"

용민의 기합이 세상을 덮을 듯이 퍼져나갔다.

쿠르릉.

그때, 하늘이 울음을 흘리더니 먹구름이 모이기 시작했다.

먹구름은 거대한 번개를 사방으로 뿌려대기 시작했고, 그 번개는 파괴신의 손끝으로 모여들었다.

파칙! 파치칙!

파괴신은 그대로 번개의 힘이 담긴 손가락을 용민에게 돌렸다.

번쩍!

손끝에서 시작된 번개가 용민을 향해 날아갔다.

파괴신을 향해 달려들던 용민이 놀라 몸을 피했지만,

번개를 피할 수는 없었다.

용민은 본능적으로 무현을 휘둘렀다.

그러자 놀라운 일이 생겨났다.

무현의 검신을 통해 용민을 덮칠 거라고 생각했던 번개가 무현에 흡수되듯 머물렀던 것이다.

치칙! 파칙!

강기와 뇌기가 혼합이 되어 더 강력한 기운을 발산하고 있었다.

용민이 놀라 무현을 보며 말했다.

"너 이런 능력도 가지고 있었어?"

무현이 으스대며 뭐라고 대꾸를 했다.

무현의 말을 알아들을 수 있는 용민이 혀를 찼다.

"잘난 척은 나중에 들어주마. 그럼 공격하자."

바로 그때, 저 갑자기 하늘이 열리고 파괴신 위에서 거대한 그림자가 모습을 드러냈다.

그 정체는 직경 4미터 정도의 운석이었다.

운석은 정확하게 파괴신의 머리 위로 떨어지고 있었다.

누구의 공격인지 모를 수가 없었다.

멀리서 아르테미온이 창백한 얼굴로 숨을 헐떡이고 있었으니 말이다.

그냥 메테오만 사용하는 것도 힘든데, 그 강력한 힘을 담고 있는 메테오를 끌어다가 공간의 벽을 갈라 순간 이

동시켜 딜레이를 줄인 공격이다. 인간이 보일 수 있는 능력을 넘어선 기술이라 할 수 있었다.

파괴신은 피하는 것이 불가하다는 것을 깨달았다.

물론 순간 이동이 불가능하다는 것이 아니다.

다만 저런 거대한 힘이 지나가는 곳에서 순간 이동을 했다가는 힘의 파장에 휘말려 더 큰 피해를 입을 수도 있기 때문에 사용하지 않는 것일 뿐.

파괴신은 인상을 구기며 팔을 뻗었다.

동시에 섬광이 번뜩였다.

번쩍!

용민은 급히 충격에 대비했다.

"크훗!"

쿠과과과광!

거대한 폭발이 일어났고, 그 파장으로 인해 거대한 돌풍이 폭발하듯 일어났다.

지상의 인간은 물론이거니와 거대한 거목조차 버티지 못할 바람은 세상을 청소라도 하듯이 바닥을 쓸어나갔다.

그러나 용민의 표정은 아직도 밝지 못했다.

지금 저 끔찍한 공격조차 파괴신에게 씨알도 먹히지 않았기 때문이다.

한 가지 확실한 것은 파괴신이 제대로 열 받기 시작했다는 점이었다.

"이놈!"

파괴신이 순식간에 이동하여 도망쳤던 아르테미온 앞으로 나타났다.

아르테미온은 순간 이동 마법을 사용해서 피하려고 했지만, 파괴신의 손이 더 빨랐다.

차원의 벽을 넘어서 움직이는 것이 순간 이동 마법이다.

순식간에 생기는 일이라서 눈으로 볼 수 있는 것이 아니지만, 시간을 쪼개서 본다면 차원의 벽이 열리고 닫히는 시간이 있다는 뜻이다.

파괴신의 손이 강제로 닫히고 있는 차원의 벽을 열었고, 다른 위치로 몸이 거의 빠져나간 아르테미온의 목을 움켜잡았다.

"헉, 어떻게! 컥!"

파괴신의 손에 잡힌 아르테미온이 몸을 버둥거렸다.

당혹감을 넘어 공포심을 드러냈다.

"네 녀석이 그년의 말만 듣고 내 계획을 모조리 무너트린 것을 알았을 때부터 난 네놈이 싫었다."

"나, 나도 속은……."

"그건 네 사정이다. 그만 사라져라."

파괴신이 손에 힘을 주었다.

두둑.

순간, 목이 부러진 아르테미온의 목이 등 뒤로 접혔다.

파괴신이 잡고 있던 아르테미온에게서 손을 놓았다.

아르테미온은 지상을 향해 곤두박질치듯 떨어지기 시작했다.

하지만 그의 육신은 바닥에 닿을 수 없었다.

파괴신의 손끝에서 뻗어 나온 빛이 죽은 아르테미온의 전신을 휘감았기 때문이었다.

화아앗!

그 빛에 감긴 아르테미온의 몸은 먼지 하나 남기지 않고 사라졌다.

파삭!

마치 공상과학영화에서나 볼 법한, 입자가 분리되며 녹아 없어지는 모습이었다.

그제야 파괴신이 다시 시선을 돌려 용민을 바라보았다.

용민은 믿을 수 없다는 표정으로 파괴신을 마주 봤다.

자신을 그토록 괴롭히던 아르테미온이 속수무책으로 당한 것을 목격한 탓이다.

눈앞이 깜깜하고 막막했다.

이토록 강한 존재와 맞서고 있다니.

싸움이라니.

자신의 뇌가 어떻게 된 게 아닌가 싶었다.

이건 승산 없는 싸움, 아니, 단지 몸부림일 뿐이다.

발에 밟힌 지렁이가 꿈틀거리는 것을 보고 지렁이가 싸

우고 있다고 생각하는 사람은 아무도 없을 것이다.

다시 느꼈다.

도망치고 싶었다.

이건 의미 없는 몸부림에 불과했다.

다만 그의 발을 억지로 붙잡고 있는 것은 머릿속에 떠오르는 사람들의 얼굴이었다.

용민은 오늘 이 자리에서 자신의 죽음을 예견할 수 있었다.

용민이 강기와 뇌기가 번뜩이고 있는 검을 꼬나 쥐고는 허공을 박찼다.

어차피 죽을 거라면, 비참하게 도망치다 잡혀 죽기보다는 선공을 해서 한 번이라도 공격에 성공한 후 죽겠다는 마음가짐을 먹은 것이다.

팡!

용민이 박찬 허공에서 공기가 터지는 소리가 들림과 동시에 그의 몸이 빛의 화살처럼 파괴신을 향해 날아가기 시작했다.

10장

天地既愛酒　愛酒不愧天　地應無酒泉　天地若不愛
酒　酒星不在天　已聞清比聖　道一斗合自然　但得酒中趣　勿
醒者傳　三月咸陽城　千花畫　爲事固難審　醉後失天地　兀然就
孤枕　不知有吾身　此樂　堂酒酣心自開　辭粟臥首陽　屢空飢顏回
當代不樂飲　虛名

月既不解飲　影徒隨我身　暫伴月將影　行樂須及春　我歌月徘徊　我舞

파칭! 파칭!

챙!

놀랍게도 용민은 파괴신과 수합을 주고받으며 부딪치는
중이었다.

단번에 작살이 날 것이라 생각했지만, 의외의 결과였
다.

그것은 무현의 힘이 컸다.

파괴신이 무현이 머금고 있는 힘을 불편해하는 기색을
보였던 것이다.

용민은 자신이 어떻게 이 힘을 부릴 수 있게 되었는지

알지는 못했지만, 지금 상황에서 그게 중요하지는 않았다.

녀석과 싸울 수 있다는 것이 중요할 뿐.

팡! 파칭!

챙! 채채챙!

반면에 파괴신도 용민 이상으로 흥분하고 있었다.

가벼운 유흥으로 생각했건만, 지금 파괴신의 가슴은 뜨겁게 타오르는 중이었다.

아직 개화하지 않았지만 용민은 용민이었다.

'용은 어려도 용이군.'

파괴신은 신이 났다.

용민과 이렇게 싸운 것이 얼마 만인지 기억도 나지 않았기 때문이다.

그렇게 졸라도 대놓고 비싼 척을 해서 싸우지 못했는데.

설마 하니 여기서 이렇게 한을 풀게 될 줄은 상상도 못했다.

물론 아쉽긴 하다.

용민의 진짜 힘은 이런 것이 아니었으니 말이다.

다만 즐거운 것은 부정할 수 없었다.

파괴신은 조금 더 놀고 싶은 마음이 있었지만, 이제 슬슬 정리할 때가 되었다고 생각했다.

용민이도 비슷한 생각인지 검에 모든 기운을 몰아넣고

있었다.

고고고고고고고고!

웅웅웅!

용민의 검극을 시작으로 뇌기와 강기가 혼합된 기운이 회전하기 시작했다.

그 기운은 서서히 두터워졌는데, 어느 순간부터 기운들이 불쑥불쑥 튀어 오르는 모습을 보였다.

뇌기의 영향 때문인 것 같았다.

그것을 본 파괴신의 표정이 밝아졌다.

그러고는 알지 못할 소리를 지껄였다.

"설마, 지금 그가 나 때문에 개화한 것인가?"

물론 아무도 알아듣지 못했고, 용민이 들었다고 해도 이해할 생각도 하지 않았을 것이다.

그 말이 끝나기 무섭게 용민이 날아왔다.

지금까지 보여준 속도는 속도도 아니었다.

파괴신조차 당혹스러워 할 정도의 움직임이었으니 말이다.

멀리서 보기에는 강기를 전신에 두른 용민의 모습은 한 줄기 빛이 대기를 가르고 날아가는 것처럼 보였으니 말이다.

파괴신이 주먹을 쥐었다.

지잉!

그러자 파괴신의 손에서 생겨난 빛의 덩어리가 일자로 솟구치더니 검의 형상을 띠었다.

"와라."

쩡!

무현과 파괴신의 검이 서로 충돌하며 세상이 깨지는 듯한 충격음이 대기를 진동했다.

쩌엉! 쩌엉! 쩡!

드드드드.

연달아 터지는 충격파에 사방이 진동하고, 땅이 굉음을 내며 흔들렸다.

사방에서 흙먼지가 피어올랐고, 시야가 가려져 아무것도 보이지 않게 되었다.

"저, 저게 인간이 보일 수 있는 신위란 말인가?"

"난 지금 꿈을 꾸고 있나?"

멀리서 이 상을 모두 지켜보고 있던 삼황오제와 십이존자, 그리고 전대의 이름 모를 고수들이 질린 표정을 지으며 경악했다.

파칭! 파칭!

고막을 쩌렁쩌렁 울리는 저들의 격돌.

"난 지금까지 무엇을 한 것일까?"

"조금만 더 가면 무의 극을 볼 수 있다고 생각했건만…

모두 자만이었구나, 착각이었구나. 내 힘은 아무것도 아니었어."

사실 그들도 몇 번이고 바닥을 박차며 용민을 거들려고 했다.

하지만 자살행위밖에 되지 않는다는 생각이 다리를 묶었다.

상대하기는커녕 검을 뽑지도 못할 것 같았다.

상대가 어떻게 움직이는지도 보이지 않는데, 어떤 방어와 공격이 가능하겠는가.

사람들은 자신들을 보고 초인이라 하지만, 진정한 초인은 지금 저 하늘 위에서 신과 싸우고 있었다.

자신들이 끼어들어 봐야 용민의 방해만 될 뿐이라고 생각했다.

그 와중에 상인이 보인 엄청난 공격을 가뿐하게 막아내고, 단숨에 죽여 버리는 파괴신의 모습을 보게 되었다.

그들은 다리에 힘이 풀려 모든 전의를 상실했다.

자신들을 일수에 쓰러트린 상인도 저러할진대, 자신들이 나서봐야 정신 사납게 할 뿐이라는 확신이 서게 된 것이다.

이대로 세상이 멸망하는 건가라고 자책하고, 자학하면서도 시선을 하늘에서 떼지 못했다.

자신들이 세상을 흔들던 절대자들 중 하나라는 사실이

부끄러워 미칠 것 같았다.

그들은 흙먼지 속에서 번쩍이고 있는 빛줄기를 보면서 주먹을 움켜쥐었다.

그들이 그토록 비하하던 한낮 마교 교주 따위에게 희망을 걸고 있는 자신을 한탄하며 말이다.

닿기도 전에 대부분 파괴신이 일으킨 기운으로 인하여 사그라지던 처음과 달리, 지금은 용민의 기술이 조금씩 먹히고 있었다.

물론 그것이 용민이 승기를 잡았다는 것은 아니다.

그냥 그렇다는 것일 뿐.

나아진 상황이라고 볼 수도 있었지만, 큰 문제가 하나 있었다.

바로 용민의 힘이 떨어져 가고 있다는 것이었다.

파괴신을 상대할 정도로 강맹한 강기를 유지하는 것만으로도 엄청난 내력을 소모하는 일이다.

애써 지친 모습을 숨기던 용민의 거친 숨소리가 결국엔 파괴신의 고막에 닿았다.

파괴신이 팔을 휘둘렀다.

용민의 몸이 파괴신이 내뿜은 경력에 휘말렸고, 그 결과 엄청난 속도로 땅을 향해 날아갔다.

용민이 땅에 떨어지는 것을 목격한 무림 고수들이 처음

으로 신형을 날렸다.

용민을 보호하기 위해서 말이다.

그러나 이미 용민의 몸은 바닥에 충돌한 후였다.

쿠과과과광!

용민을 품에 안은 대지는 거대한 구덩이를 형성하였다.

그 한가운데 용민이 축 늘어져 있었다.

용민은 일어서려고 애썼지만, 도저히 몸이 말을 듣지 않았다.

그럼에도 손은 검을 놓지 않고 있었다.

검인 무현이 자신의 손을 잡고 있는 것인지, 자신이 검인 무현에게서 손을 떼지 못하고 있는 것인지조차 모를 듯했다.

하지만 어쨌거나 용민은 굳건하게 무현을 잡고 있었다.

물론 그렇다고 방법이 있는 것은 아니었다.

용민은 생각했다.

'이대로 끝인가?'

바닥에서 꼼짝도 못하던 용민이 피식 웃었다.

그냥 웃겼다.

모든 게 다 말이다.

오히려 이렇게 누워 있으니 뭔가 홀가분한 기분이라고나 할까?

용민은 흐릿해지는 초점을 느끼며 눈을 감기 시작했다.

그때, 사람들의 웅성이는 소리가 들려왔다.

"일어나시게!"

"우리가 도움이 될지는 모르겠지만 한손 거들겠네. 어서 기운을 찾으시게!"

용민이 그 소리에 눈을 떴다.

아직 흐릿했지만, 자신의 앞에서 얼쩡거리고 있는 사람들이 시야에 잡히기 시작했다.

그들을 보니 순간 웃음이 터져 나왔다.

"푸핫!"

바로 얼마 전까지만 해도 자신을 죽이네 마네하며 적대감을 보이던 저들이 지금 자신을 구하겠다고 다가온 것이다.

이게 얼마나 우스운 희극이란 말인가.

다 죽어가는 것 같던 용민이 웃음을 흘리자 몰려든 고수들의 얼굴에도 왠지 살짝 미소가 어렸다.

그때, 하늘에서 천천히 강림하던 파괴신이 그들을 보며 말했다.

"뭐지? 그 버러지들은?"

용민이 힘겹게 상체를 일으키며 대꾸했다.

"동료."

"동료?"

"같이 죽어줄 생각을 하면 그게 동료 아니겠어? 친구로

격상할 걸 그랬나?"

그 말에 파괴신 앞에서 바짝 긴장하고 있던 고수들이
피식 웃었다.

그런데 파괴신의 의외의 말을 꺼냈다.

"이것들은 너의 친구가 될 수 없다. 너의 친구는 나
뿐이다."

용민과 고수들은 뭔가 기막힌 이야기를 들었다.

잘못 들었나 싶어서 용민이 되물었다.

"응?"

"너의 친구는 나뿐이라고 했다."

용민은 기가 막혔다.

마치 질투심에 가득 찬 어린아이 같은 반응이지 않은
가.

용민은 피식 웃었다.

"신들끼리는 친구를 이렇게 죽이면서 노나 보지?"

"난 너를 죽이려고 한 적 없다."

"뭐?"

"죽일 거였으면 벌써 죽였을 것이다."

용민은 녀석이 뭐라고 지껄이는지 도통 이해가 되지 않
고 있었다.

당사자인 용민이 그러한데 주변에 있는 이들은 이해나
했겠는가?

그때, 뭔가 짚이는 것이 생긴 용민이 말했다.

"그럼 나랑 놀았냐?"

"그래. 재밌었냐?"

그 말에 용민이 이맛살을 찌푸린 채 억지로 상체를 일으키면서 말했다.

"지랄하고 자빠졌네. 재미는 개뿔. 뒈질 뻔했구만."

그때였다.

갑자기 하늘에서 이상한 변화가 감지된 것은 말이다.

쿠구! 쿠구구구!

마치 파괴신이 강림하기 전처럼, 하늘이 갈라지던 그 현상이 벌어지고 있었던 것이다.

그것을 본 파괴신이 안타까운 표정을 지으며 용민을 내려다보았다.

"시간이 다 된 모양이다."

"시간?"

"난 아직 세상에 나타나선 안 되었다."

"그게 무슨 소리지?"

용민의 질문에 파괴신이 씨익 웃었다.

그와 동시에 파괴신의 손끝이 하얀 빛으로 물들기 시작했다.

그러고는 입자처럼 분리가 되더니 하늘로 올라갔다.

올라간 입자들은 갈라지고 있는 하늘 속으로 흡수되는

모습을 보여주었다.

의외의 상황에 모두들 입을 다물고 파괴신을 바라보았다.

서서히 사라지고 있는 파괴신이 용민에게 말했다.

"놀랄 것 없다. 온전한 힘을 갖기 전에 세상에 모습을 드러낸 결과다."

"온전한 힘?"

"지금은 별로 중요한 이야기는 아니다. 어쨌거나 즐거웠다. 이 세상에서 너를 만날 수 있어서."

"나도 반가웠다고 이야기를 해야 하나?"

"큭큭. 넌 하나도 변한 게 없구나. 지금이나, 그때나……."

"그때?"

용민은 무슨 말을 하는지 궁금했지만, 파괴신은 대답할 생각이 없어 보였다.

아니, 지금 자신이 하고 싶은 말을 내뱉는 것에만 열중하는 모습이었다.

그러나 그 이야기도 길게 가지 못했다.

금세 손끝만이 아닌 전신이 투명하게 변해 버렸기 때문이다.

"만일 너조차 만나지 못하고 이런 꼴이 되었다면… 난 절망했을지도 모르겠군. 다시 만나자. 억겁의 시간이 흐른 후에……."

그 말을 끝으로 용민에게 미소를 던지던 파괴신은 사라졌다.

동시에 벌어진 하늘도 닫혔다.

하늘은 언제 무슨 일이 있었냐는 듯 평범한 모습으로 돌아왔다.

털썩, 털썩.

그것을 본 고수들이 바닥에 주저앉았다.

누군가의 입에서 신음처럼 한마디 흘러나왔다.

"끝인가?"

그 중얼거림을 들은 것을 끝으로, 용민은 정신을 잃었다.

에필로그

歌影徒隨我身暫伴月將影行樂須及春我歌月徘徊我

舞酒星不在天地若不愛酒　地應無酒泉天地既愛酒愛

過一斗合自然但得酒中趣勿醒者傳三月咸陽城千花

萬事固難審醉後失天地兀然就孤枕不知有吾身此樂

三酒酬心自開辭粟臥首陽　屢空飢顏回當代不樂飲虛

"형은 어디 갔어요?"

용일의 질문에 여동생인 한예빈과 정원을 거닐고 있던 한정빈이 고개를 갸웃거리며 대답해 주었다.

"교주님께서는 지금 지존천실에 계실 텐데요?"

"없으니까 묻겠지. 이 바보 오라비야."

한예빈이 핀잔을 주었다.

"예, 그곳에 없어서요. 또 나를 버리고 어디 갔나 싶어서요."

용일이 울상을 지으며 투덜거리자, 한정빈이 푸근한 미소로 그의 머리를 쓰다듬으며 말했다.

"그곳에 계시지 않으시면 아마 대산 독고봉에 오르셨을 수도 있겠군요."

"독고봉이요?"

"생각을 정리하실 때면 그곳을 향하시는 것으로 알고 있습니다."

"무슨 고민이 있으신지 아시나요?"

"교주님의 깊은 속을 어찌 제가 알겠습니까. 다만 더 이상의 걱정거리가 없으시도록 보필하는 것이 저의 일이지요."

그 말을 끝으로 용일과 한정빈의 시선은 한 높은 봉우리로 향했다.

전쟁은 끝났다.

하늘에서 내려온 괴물에 놀란 황제는 서둘러 전쟁을 마무리했다. 무림인들은 모두 사라져 찾을 수 없게 되었거나, 각자의 문파를 봉문하였다.

전쟁의 상처는 남게 되었지만, 세상은 다시 평화로워졌다.

마교가 위치한 대산의 최고봉인 독고봉에 올라선 용민은 멍한 표정으로 하늘을 올려다보았다.

지금까지 자신에게 벌어진 일을 떠올리는 중이었다.

그러나 도저히 자신이 무엇을 했는지 알 도리가 없었다.

자신이 왜 환생을 하게 된 것인지. 뒤에 나타난 상인은 뭐고, 파괴신은 뭐였는지.

의문만 늘어나고 궁금증만 커져갈 뿐이었다.

그렇다고 당장 답을 알아낼 방법은 없었다.

"아니, 있나?"

용민은 자신의 주먹을 내려다보았다.

그러고는 허공에 그 주먹을 내질렀다.

순간 허공이 좌우로 벌어지듯 갈라지며, 다른 공간이 모습을 드러냈다.

이 공간의 정체는 바로 아르테미온이 온 세상으로 가는 길이었다.

궁금한 일이 그 세상에서 벌어졌다면, 그 세상으로 가서 확인하면 될 일이다.

그때, 용민이 발을 뻗다가 멈칫했다.

그러고는 손을 휘저어 갈라진 공간을 지운 후, 의미 모를 미소를 지으며 다시 주먹을 뻗었다.

닫혔던 공간이 다시 모습을 드러냈다. 그 공간 속에서 뿌연 하늘이 어른어른 비친다.

용민은 조금의 망설임도 없이 그 공간을 향해 발을 뻗으며 중얼거렸다.

"좀만 쉬었다 가자. 엄마가 끓여준 부대찌개가 땡기네."

〈『지존강림』 完〉

지존강림

1판 1쇄 찍음 2016년 10월 10일
1판 1쇄 펴냄 2016년 10월 17일

지은이 | 풍 영
펴낸이 | 정 필
펴낸곳 | 도서출판 **뿔미디어**

기획 · 편집 | 선우은지

출판등록 | 2002년 9월 11일 (제1081-1-132호)
주소 | 경기도 부천시 원미구 소향로 17번길(두성프라자) 303호 (우) 14544
전화 | 032)651-6513 / 팩스 032)651-6094
E-mail | bbulmedia@hanmail.net
홈페이지 | http://bbulmedia.com

값 8,000원

ISBN 979-11-315-7493-5 04810
ISBN 978-89-6359-383-8 04810 (세트)